Zum Buch

Es ostert in der kleinen Buchhandlung in Düdingen. Während Valerie Birbaum damit beschäftigt ist, die Frühlingsneuheiten zu präsentieren, meldet sich Donnie für das Freiwilligenprogramm *Adoptier einen Rentner, bevor er dich adoptiert*, ohne zu wissen, dass hinter der heiteren Fassade des *Sonnenblick* die Intrigenküche brodelt. Erst als die neue Direktorin tödlich verunglückt, holen alte Geschichten ihn und Valerie ein. Und plötzlich befinden sich beide mitten in einem viel größeren Fall, in dem nichts ist, wie es scheint und niemand der, für den er sich ausgibt.

Zum Autor

Jean-Pascal Ansermoz wurde als Schweizer im September des Jahres 1974 in Dakar (Senegal) geboren. Er ist einer, der mit Leichtigkeit über den Röschtigraben springt, schrieb er doch bis 2009 nur in französischer Sprache. Weltenbürger, Romand und Deutschschweizer in einem: ein Autor mit Hang zum Kriminellen, aber auch zu Poetischem, Literarischem, Alltäglichem und Besonderem.

Mehr Infos unter: **www.jeanpascalansermoz.ch**

Jean-Pascal Ansermoz

Tee, Rosen und Mimosen

Ein BuchCafé Krimi

© 1.Auflage 2020 *Jean-Pascal Ansermoz*

ISBN: 978-3-7519-3492-3

Herstellung und Verlag: BoD – Books on Demand, Norderstedt

Lektorat: Michael Lohmann, Worttaten.de
Foto Autor: Christian Baeriswyl, cbfotografie.ch
Umschlag & Satz: AZ Productions, Fribourg (CH)
unter Verwendung von Motiven von Freepik.com
und Artwork von Helaine Chardon

Die Deutsche Nationalbibliothek verzeichnet diese Publikation
in der Deutschen Nationalbibliografie; detaillierte biblio-
grafische Daten sind im Internet über http://dnb.dnb.de
abrufbar.

ETWAS VORNEWEG

Für diesen dritten Fall habe ich mir erlaubt, ein Pflegeheim zu erfinden, das es in der dargestellten Form in Düdingen nicht gibt und nie gegeben hat. Ich würde den Sonnenblick – sollte ich meine bescheidene Meinung äußern dürfen – dort bauen, wo die Duensstrasse und der Briegliweg sich treffen, gleich auf der Anhöhe, mit diesem weiten Blick auf die Felder und den kleinen Forst am Guggerhorn.

Ich kann mir vorstellen, dass eine solche Aussicht dem Herzen Raum und den Gedanken Flügel verleihen kann. Während die Idee zu diesem Buch dann reifte, entstand genau an diesem Ort ein neues Wohnquartier. Die Idee wurde also von der Realität eingeholt und ich entschuldige mich hiermit in aller Form für die Ausschmückungen und Änderungen, die ich mir in dieser herrlichen Gegend erlaubt habe.

Und nun wünsche ich viel Vergnügen beim Lesen.

Vorhang auf für Valeries dritten Fall!

Düdingen, Hauptstrasse

KAPITEL 1

Im Buchcafé war es warm und hell. Das Holz der Theke glänzte vom Abwischen, und es gab Teller mit frischen Muffins in farbigen Papiertüten. Als ich ihn hereinkommen sah, langte ich hinüber und stülpte die Glasglocke darüber.

»Das wär aber jetzt wirklich nicht nötig gewesen!«, rief ich ihm zu, noch ehe sich die Tür hinter ihm geschlossen hatte. Die roten Rosen sahen wunderbar zart aus im Sonnenlicht. Ich konnte sogar ihren Duft riechen.

Und es mussten mehr als neun sein.

»Das weiß ich. Darum sind die auch nicht für dich.«

»Aha.«

Donnie legte den Strauss auf den Tresen meiner Buchhandlung ›Die gute Seite‹. Seit nunmehr einigen Monaten und zwei Todesfällen hatte ich den Laden geöffnet:

Es war Weihnachten geworden, dann März und nun steuerte ich auf die Ostertage zu. Kleine Kunststoffhasen standen bereits im Schaufenster, neben anderen Dekoartikeln. Ich mahnte mich erneut, beim Einkauf etwas zurückhaltender zu werden. Mein Budget würde ansonsten nicht alle katholischen Feiertage heil überstehen. Das Schaufenster war jedenfalls bunt und selbst die Buchumschläge trugen seit Kurzem wieder fröhliche und frühlingshafte Farben.

Meine Hormone witterten Sonne. An manchen Tagen konnte ich fast das Salz in der Luft riechen.

Er sah mich lächelnd an. Donnie hatte kürzlich begonnen, sich mit Freiwilligenarbeit auseinanderzusetzen, weshalb er weniger oft vorbeikam. Umso mehr freute es mich, ihn zu sehen.

»Die muss aber schöne Augen haben.«

Er feixte. »Hat sie auch.«

»Die Glückliche!«

»Sei doch nicht gleich eingeschnappt. Und befürchten musst du wirklich nichts. Du kriegst mich nicht so schnell wieder los. Dafür gefällt mir deine Buchhandlung zu gut.«

»Sagt ein Ire.«

»Das Projekt ist wirklich etwas wert. Du könntest dich auch engagieren.«

»Ich hab mit der Buchhandlung schon genug zu tun.«

»So siehst du auch aus. Dir könnte ein wenig Auszeit guttun.«

Ich seufzte und lehnte mich an den Tresen. Es waren emsige Monate gewesen. Immer wenn ich den Eindruck bekam, mich ein wenig ausruhen zu können, zeigte sich die nächste Situation, in der ich agieren musste. Eine eigene Buchhandlung war wie ein kleines Kind. Man ist immer dabei etwas zu tun. Putzen, bestellen, bezahlen, umstellen. »Um was geht es denn bei deiner neuen Arbeit?«

Donnies Augen leuchteten auf. »Das Projekt heißt *Adoptier einen Rentner, bevor er dich adoptiert* und basiert auf einem einfachen Prinzip: Spaß haben!«

»Ach was. Ich denke an vieles, wenn ich an Seniorenheime denke. Dieses Wort wäre nicht das erste auf meiner Liste.«

»Genau deswegen wollen wir das ändern. Wir machen Spielenachmittage, besuchen Konzerte, lesen gemeinsam Bücher.«

»Und jetzt macht ihr einen Bachelor?«

»Natürlich. Kommt ins Fernsehen. Gleich nach ›Switzerland sucht das beste kochbegabte Schweizer Meerschweinchen‹.«

Ich musste lachen. Donnie brachte es immer zustande, seine Begeisterung für irgendwas auf mich zu übertragen.

»Aber jetzt mal ehrlich. Für wen sind denn die Rosen?«

Donnie grinste über beide Ohren. »Für den Empfangsbereich. Molly hat mich beauftragt, die Blumen für sie zu besorgen.«

»Molly heißt sie also.« Ich sah auf die Rosen.

»Komm jetzt! Ich hätte nie gedacht, dass Freiwilligenarbeit schön sein kann. Aber wir haben wirklich Spaß. Und das braucht es derzeit.«

»Was meinst du damit?«

»Der ehemalige Direktor ist vor einem Monat in Rente gegangen. Und das nach sage und schreibe vierzig Jahren. Peissard war eigentlich seit der Gründung im Mai 1980 mit dabei. Zuerst arbeitete er für die Stiftung, dann übernahm er das Pflegeheim hier in Düdingen, als es 2001 eröffnet wurde. Viele hadern mit seiner Entscheidung und haben Mühe, sie zu akzeptieren.«

»Aber irgendwann geht doch jeder in Rente, oder?«

»Das schon, aber manche munkeln, dass er ohne Weiteres noch einige Jahre hätte machen können.«

»Wieso hat er sich denn dazu entschieden, seinen Auftrag nicht weiterzuführen?«

»Das weiß niemand so genau. In den Gängen wird heftig über Politik diskutiert.«

»Und jetzt?«

»Der Verwaltungsrat hat sich nun für eine Nachfolgerin entschieden. Sie ist jung, kommt nicht aus der Region und tritt die Stelle mit ökonomischem Hintergrund an. Für die bestehende Organisation ist die Umstellung nicht ganz so einfach.«

»Frischer Wind kann doch auch eine Chance sein.«

»Durchaus.«

»Was macht dir dann Sorgen?«

Donnie seufzte. »Sie scheint nicht wirklich zimperlich mit den Menschen umzugehen. Ich meine, es hat doch einen Grund, weshalb man gewisse Dinge in dieser oder jener Art und Weise macht. Das scheint sie aber nicht zu interessieren. Und das bekommen die Bewohner natürlich mit.«

»Deshalb also das Adoptionsprogramm.«

»Das hat schon Peissard ins Leben gerufen. Aber es nimmt plötzlich einen ganz neuen Stellenwert ein.«

Er sah auf seine Armbanduhr.

»So, jetzt muss ich aber. Wir sehen uns, ja?«

Ich stützte mich mit beiden Ellbogen auf der Theke ab und nahm mein Gesicht zwischen meine Hände.

»Ich bewundere dich. Ich weiß nicht, ob ich das könnte.«

»Und wieso nicht?«

Ja, wieso eigentlich nicht?

KAPITEL 2

Molly konnte manchmal reden wie ein Wasserfall. Und für die Besorgung der Blumen hatte sie sich auch mindestens zehnmal bedankt.

Donnie überspielte seine Verspätung mit einem entschuldigenden Lächeln. Alle warteten auf ihn, als er endlich am Tisch Platz nahm. Jassen war angesagt. In gewohnter Runde.

Er zog seine Jacke aus und platzierte sie auf der Lehne. »Alles gut?«, fragte er mit einem Blick in die Runde.

Fritz, der seine achtundachtzig Lenze mit Wortspielereien auszubügeln pflegte, sah ihn verschmitzt an: »Wenn man den Furz wieder riechen kann, ist die Erkältung vorbei, sagen die Indianer. Die Herren hier warten schon sehnsüchtig darauf, gegen uns zu verlieren.«

»Als wüsstest du, was Indianer sagten.« Harry blickte ungeduldig auf die Karten in Alfreds

Hand. »Und wieso hast eigentlich du die Karten?«

»Zu meiner Zeit waren die Uhren präziser«, bemerkte Alfred trocken und begann die Karten auszuteilen. »Wenn man sagte halb drei, dann war es vierzehn Uhr dreißig.«

»Komm schon, nur weil du vor uns allen bereits am Tisch saßest, heißt das noch lange nicht, dass auch wir eine Viertelstunde zu früh hier sein müssen.« Harry, einundneunzig, war zu seiner Zeit Lehrer gewesen. Er pflegte zu sagen, die anderen kämen aus einem anderen Jahrzehnt.

»Es waren zehn Minuten, mein Freund.«

»Jawohl, mein Kommandant.« Fritz salutierte.

»Das Leben ist kurz, also lächle, solange du Zähne hast«, gab Harry zurück.

»Hast du das in der Schule gelernt?« Fritz richtete sich wieder an Donnie. »Habe übrigens meine Dritten heute Morgen frisch geklebt. Kommt bei den Pflegerinnen eindeutig besser an.«

»Ich will keine Einzelheiten aus deinem Privatleben wissen. Lasst uns jetzt spielen.« Harry nahm seine Karten an sich und begann, sie zu ordnen.

»Tja, manche haben eben noch etwas anderes im Leben als eine Viertelstunde zu früh am Tisch zu sitzen.« Fritz zwinkerte Donnie zu.

»Es waren zehn Minuten. Habe übrigens deine Nase gefunden.«

»Meine Nase?«

»Sie steckte in meinen Angelegenheiten.«

Alfred prustete los. Fritz fand das nicht lustig.

»Ach, da habe ich sie liegen gelassen. Man munkelt ja, dass du vier Mal aufstehen musstest letzte Nacht. Ich nur zwei. Ist das wahr?«

»Wenn du mal so alt bist wie ich, wirst du schon noch erfahren, was es heißt, alt zu sein.«

»Nur wegen den drei Monaten, die du älter bist als ich?«

Alfred legte die unterste Karte des Stapels offen. Rot war Trumpf.

»Drei Monate können tödlich sein, wenn man zu viel redet. Wie wäre es denn, wenn du spielen würdest?« In Harrys Stimme klang so etwas wie Ungeduld mit. Donnie kannte alle drei mittlerweile gut genug, um sich wegen des Umgangstones keine Sorgen zu machen. Die erste Runde ging an Harry und Alfred, der die Karten neu mischte.

»Die wollen weniger weißes Geläufe in den Gängen«, bemerkte Alfred.

»Habe ich gehört. Ich finde das eine Zumutung. Heute kam erst um neun Uhr jemand vorbei. Für was bezahlen wir die eigentlich?« Harrys Empörung war nicht gespielt.

»Die Damen und der Herr von der Pflege machen, was sie können«, entgegnete Fritz.

»Nur weil sie deine Zähne schön finden?«

»Wo er recht hat, hat er recht. Seit die Nonne da ist, geht alles den Bach herunter.« Alfred setzte einen oben drauf.

»Die Nonne?«

Harry blickte Donnie ruhig an. »Die ist immer in Schwarz gekleidet, lächelt nie und könnte mal einen Mann gebrauchen.«

Fritz lachte auf und zog damit die Blicke der anderen Bewohner im Aufenthaltsraum auf sich.

»Alles gut, kein Grund zur Sorglosigkeit.«

»Ich verstehe nicht ...«

»Die Neue, deren Namen man besser nicht mal leise ausspricht«, klärte Alfred Donnie leise auf. »Das bringt nämlich Unglück.«

»Erst Rationierung der Süßigkeiten, nun weniger Personal. Das hat uns schon einmal direkt in den Krieg geführt.« Harry beobachtete Alfred, wie der die Karten langsam verteilte.

»Habe mit Aida geredet. Die Weißen sind ziemlich sauer. Mehr geteilte Schichten und Abendeinsätze für alle. Und zusätzlich neue Aufgaben.«

»Das klingt nicht gut. Die wird das nicht lange machen.«

»Das befürchte ich auch.«

Harry nahm seine Karten an sich, während Alfred die Trumpffarbe aufdeckte.

»Und wer wird wieder darunter leiden?«

»Sie ist zu jung«, sagte Fritz.

»Wir natürlich«, beantwortete Harry seine eigene Frage.

»Selbst der Verwaltungsrat war sich uneinig, was sie betraf«, wusste Alfred.

»Wie lange ist sie schon hier?«

»Knappe zehn Tage.«

»Autsch. Kommt mir eine Ewigkeit vor.«

»Ach ja, da kam kürzlich jemand von der Kirche vorbei und sammelte für christliche Flüchtlinge. Habe vorgeschlagen, er solle sie gleich mitnehmen.«

KAPITEL 3

Donnie kannte sich mittlerweile ziemlich gut in den Räumlichkeiten aus, und bevor er das Gebäude verließ, wollte er noch schnell zur Toilette. Es gab im Erdgeschoss das für alle zugängliche WC oder aber im ersten Stock das in den Angestelltenräumen. Dort befand sich auch der Aufenthaltsraum, den er verlassen hatte. Ein kleiner Abstecher würde keiner Menschenseele schaden, in der Hoffnung, dass niemand ihm über den Weg lief.

Es war nicht sein Glückstag. Kurz nachdem er in den schmalen Flur zum Pausenraum trat hörte er Stimmen. Erst dachte er, sie kämen aus dem Zimmer mit den Medikamenten. Im letzten Moment erkannte er seinen Irrtum und blieb stehen. Zwei Frauen redeten angeregt, keine zwei Meter von ihm entfernt. Sehen konnte er keine von beiden.

»Und sagen musst du nichts mehr. Einfach weg mit der. Ich kann sie nicht mehr sehen. Und wie sie sich immer beklagt und alles stets besser weiß …«

Donnie hatte die Stimme noch nie gehört. Der Ton ließ ihn aber nachdenklich werden. War das etwa die neue Direktorin?

»Aber sie ist doch schon so lange hier. Ich kann doch nicht …«

Auch diese Stimme konnte er nicht zuordnen, hörte aber ihre Betroffenheit heraus.

»Räum sie mir aus dem Weg. Das ist keine Frage. Finde irgendetwas. Ist mir egal was. Hauptsache, die Alte setzt Segel.«

»Also …«

»Sonst noch etwas?«

»Ich brauche mehr Personal. Wir können nicht …«

»Ach was, wer nicht arbeiten will, soll gehen.«

»Es ist nur so …«

»Ich weiß, wie das funktioniert. Da wird man über die Jahre langsamer, schafft sich eine Komfortzone irgendwo. Kleine Rituale. Die kosten Zeit.«

»Aber wir haben doch schon gar keine Zeit mehr für die Bewohner und …«

»Schau das mal anders an, ja? Es geht um einige Wochen, dann legen sich die Wellen wieder. Das war schon immer so.«

»Also, ich weiß nicht ... Peissard sagte ...«

»Ich kann den Namen nicht mehr hören. Wenn's dir nicht passt, dann akzeptiere ich deine Kündigung gern. Aber Frauen in deinem Alter ...«

Donnie sah sich um. Schritte näherten sich von der anderen Seite und so dringend er auch austreten musste, es war es ihm nicht wert hier entdeckt zu werden. Gehört hatte er wirklich genug. So unauffällig wie möglich zog er sich zurück und trat auf den Korridor hinaus. Fast wäre er mit zwei Pflegerinnen zusammengestoßen.

»Oh, entschuldigen Sie vielmals. Mein Fehler.« Er wich aus, lächelte ihnen zu, und setzte sich so schnell wie möglich in Richtung des Empfangs ab.

Molly sah auf, als er vor ihr zum Stehen kam.

»Ich bin dann mal weg.«

»Man sieht sich am Samstagabend?«

»Samstag? Ach ja, der Dinner-Abend. Natürlich. Wo hatte ich nur meinen Kopf.«

»Ich freue mich darauf. Seit Langem sind wir alle wieder einmal eingeladen. Alle Bewohner, alle Helfer und ihr gehört jetzt auch dazu. Habe gehört, es wird sogar ein Orchester spielen.«

»Das wird sicher schön.«

»Letztes Jahr aßen wir wie die Könige.« Sie betrachtete verträumt die Rosen, die nun den großen Empfangstresen schmückten. Ihre Lippen hatten beinahe die gleiche Farbe.

»Warte, ich komm noch schnell mit raus.« Sie angelte ein Päckchen Zigaretten aus der Schublade, nahm das Telefon an sich und umrundete behände den Tresen. »Wollte schon lange eine kleine Pause machen.«

Der blaue Himmel und die strahlende Sonne wussten, weshalb dem Pflegeheim der Name *Sonnenblick* verpasst worden war. Alles schien zu leuchten. Trotzdem drehte Molly dem Licht den Rücken zu, während sie eine Zigarette anzündete.

»Lichtscheu heute?«

Sie blies den Rauch in die Luft. »Die Olle ist auf Trab. Möchte meinen Arbeitsplatz lieber im Auge behalten.«

»Die Olle?«

Sie musste ab seinem Gesichtsausdruck lachen.

»Ich kann dir nur eins sagen. Die Stimmung hier ist seit wenigen Tagen am Kippen. Heute musste ich drei krank melden, die angerufen haben. Egal, wo du Pause machst, hörst du, wie die Menschen sich beklagen. Ob Küche, Pflege oder Putz-Equipe. Ich weiß nicht, wo das enden wird. Aber es fühlt sich nicht gut an. Da kommt etwas Schlimmes auf uns zu.«

»Was meinst du damit?«

Molly zog an ihrer Zigarette und schwieg.

»Ich sollte nicht so schwarzmalen, was?«

Donnie sah sie unverwandt an, konnte die Angst in ihren Augen sehen.

»Molly!« Die Stimme ließ beide zusammenzucken. In einer fahrigen Geste steckte sie Donnie die Zigarette in die Hand, der ließ sie fallen. »Wenn Sie nicht Ihren fetten Arsch sofort wieder auf Ihren Stuhl setzen, könnte es durchaus sein, dass Sie per sofort keinen Stuhl mehr brauchen!«

Donnie erkannte die Stimme aus dem Flur sofort wieder.

Am Empfang standen zwei Frauen. Die eine war eher klein, trug einen schwarzen Hosenanzug, kurze Haare und eine Brille. Sie stand breitbeinig mit verschränkten Armen da und starrte zu ihnen herüber.

»Sorry!«, flüsterte Molly und hastete zurück an ihren Arbeitsplatz. Donnie beobachtete die andere Frau, in ihren Fünfzigern. Sie trug einen grauen Rock über schwarzen Stiefeln und eine beige Bluse. Ihre Haare hatte sie zu einem Bürzel hochgesteckt. Sie wirkte verunsichert und wie fehl am Platz.

Donnie hob die Zigarette auf, nachdem sich die Türen hinter Molly geschlossen hatten, und drückte sie im Aschenbecher aus, der zu diesem Zweck dort angebracht worden war. Ihm behagte die Situation nicht. Und selbst die warmen Sonnenstrahlen konnten nicht verhindern, dass er sich etwas schuldig fühlte.

Er warf einen letzten Blick in den Empfangs-raum, sah, wie die Frau in Beige auf Molly einredete, die nun mit gesenktem Haupt vor ihr saß. Donnie konnte es nicht fassen. Was bildete sich die eigentlich ein, Menschen so zu be-handeln? Molly zu sagen, sie habe einen fetten Arsch. Das ging zu weit.

Vielleicht hatte Molly ja recht.

Lange würde so etwas nicht gut gehen.

KAPITEL 4

Das Licht an diesem Samstagabend wäre für einen romantischen Spaziergang perfekt gewesen. Die Temperaturen lehnten sich an sommerliche Abende an. In der Ferne die Konturen der Berge. Man hätte wunderbare Fotos machen können. Oder Versprechen, die man dann wieder vergisst. Donnie hatte mir meins in Erinnerung gerufen.

Der Aufenthaltsraum über der Cafeteria war mit frühlingshaften Farben geschmückt worden. Große, runde Tische standen wie Tänzer im Raum, die nur darauf warteten, dass das Einmannorchester zu spielen begann. Als ich mit Donnie eintraf, herrschte im Saal schon reges Treiben. Es war Donnies irischem Charme zu verdanken, dass ich ihn begleitete.

Und der Tatsache, dass ich so nicht zu meiner Mutter zum Essen gehen musste. Sie hatte am

Telefon geschmollt, Ernst gejault. Sie würde es überleben. Ernst auch.

Was mich betraf, war ich mir nicht so sicher.

Donnie steuerte direkt einen Tisch an, an dem bereits ein hagerer Mann saß. Ein Rollstuhl stand neben ihm.

»Haldihoi, Alfred. Schon hier?«

Der Mann blickte nicht von der Menükarte auf.

»Einer muss sich ja opfern. Sonst sind alle guten Plätze weg. Und bis Fritz mit seinen Zähnen fertig ...« Er hielt inne, als er mich erblickte. Seine Pupillen verengten sich.

»Hoppla, wen haben wir denn da?«

»Darf ich vorstellen. Valerie. Alfred. Alfred. Valerie.«

»Der Abend könnte ja doch nicht so trist werden wie erwartet. Setzen Sie sich doch, Valerie. Ich mag Menschen, die Bücher lesen.«

Ich blickte ein wenig verwirrt von Alfred zu Donnie. Der zwinkerte mir zu.

»Sie sind doch die Buchhändlerin, nicht wahr?«

Ich bejahte und setzte mich auf den Stuhl, den Donnie mir zurechtrückte. Draußen hörte man den Alarm eines Autos losgehen.

»Keine Angst, das haben wir in regelmäßigen Abständen schon den ganzen Nachmittag. Die Nonne fährt einen Wagen, in den locker zwei Staatsmänner reinpassen würden.«

Alfred blickte missmutig zu den Fenstern hinüber. »Und der beklagt sich über eine fehlerhafte Elektronik. Eine andere Form, den Menschen hier zu zeigen, dass sie da ist.«

Ich sah Donnie an. »So nennen sie Frau Deneke, die neue Direktorin.«

Ich runzelte die Stirn und schüttelte kurz den Kopf.

»Sie trägt immer schwarz. Darum der Spitzname«, ergänzte er.

Der Saal füllte sich bereits mit angeregten Diskussionen. Der Einmannmusiker schaltete die Lautsprecher an.

»Valerie, würden Sie so freundlich sein, und meinen Rollstuhl auf mein Zimmer bringen? Ich mag es nicht, wenn der hier so rumsteht.«

Er blickte durch mich hindurch.

»Natürlich.«

»Zimmer 306. Sie wissen ja, wo sich der Lift befindet.«

»Warte, ich ...«, begann Donnie. Ich winkte ab, ganz froh, den Saal wieder kurz verlassen zu können. Ich fühlte mich immer noch irgendwie fehl am Platz. »Mach ich doch gern.«

Alfred legte einen Schlüssel auf den Tisch und vertiefte sich ohne ein weiteres Wort wieder in der Menükarte. Ich fragte mich, was er daran fand. So viel stand da sicher nicht drin.

Donnie warf mir einen fragenden Blick zu, den ich mit einer aufmunternden Grimasse beantwortete, während ich den leeren Rollstuhl langsam zwischen den Tischen zum Eingang rollte. Dabei bemerkte ich die Blicke, die trotz des Hin und Her auf mir ruhten. Ungesehen konnte man hier nicht sein. Das unangenehme Gefühl verließ mich auch nicht, als ich in den Flur trat. Ich kannte niemanden, aber alle schienen zu wissen, wer ich war.

Auf dem Weg zum Fahrstuhl begegnete ich Menschen mit Rollator, die begleitet langsam in Richtung Saal gingen.

Einige grüßten. Ich grüßte zurück.

Ich atmete auf, als sich die Türen des geräumigen Aufzugs schlossen. Einen kurzen Moment schloss ich die Augen. Dann gab eine weibliche Stimme mir zu verstehen, dass ich angekommen war. Die Türen öffneten sich auf einen weiteren Flur.

»Was machen Sie hier?« Die Stimme klang unfreundlich. Ich blickte in ein kleines rundes Gesicht, das eine Brille beherrschte. Kurze Haare, schwarzer Hosenanzug. Die Nonne?

»Ich?«

»Nein, Sie.«

»Ich bringe den Rollstuhl ins Zimmer zurück.«

»Ins Zimmer?« Obwohl ich größer war als sie, sah sie mich von oben herab an. Ich begann, unsicher zu werden, zumal zwei weitere Bewohner nun zum Fahrstuhl kamen.

»Auf diesem Stockwerk sind nur Wohnungen zu finden. Die Zimmer sind im zweiten Stock.«

Ich holte den Schlüssel aus der Tasche. »Die 306 ist doch hier, oder?«

Sie sah mich ungeniert an. Ihr Blick hatte etwas Forderndes, das mich reizte.

»Und wer sind Sie?«, fauchte ich sie an.

»Ich bin Kristanna Deneke, die Leiterin dieses Heims. Und Sie sind?«

Ich spürte, wie man uns beobachtete, obschon beide Senioren versuchten, nicht interessiert zu wirken. Was mich rettete, war der Alarm. Selbst hier im dritten Stock konnte man das Auto deutlich hören. Die Frau fluchte und rannte zum nächsten bodentiefen Fenster. Ich packte die Gelegenheit und den Rollstuhl und bog in den nächstbesten Flur ab. Hinter mir hörte ich, wie sich die Aufzugtüren öffneten. Mein Herz schlug mir bis zum Hals. Zum Glück hatten alle Türen Nummern und so fand ich Alfreds Einzimmerwohnung sehr schnell. Erst als ich die Tür hinter mir schloss, erlaubte ich mir, einmal richtig durchzuatmen, in der Hoffnung, dass diese schreckliche Frau sich nicht an die Zimmernummer erinnern würde. Einen Augenblick horchte ich in den Flur hinaus.

Nichts.

Ich hielt den Atem an.

Immer noch nichts.

Langsam entspannte ich mich. Die Wohnung war einem Hotelzimmer nicht unähnlich: Ein Badezimmer mit großer Dusche, die man ohne Stufe betreten konnte, das geräumige Zimmer wurde auf einer Seite von einem großen Fenster dominiert, durch zahlreiche kleine Pflanzen und Blumen gezeichnet und von einer kleinen Küchenecke vervollständigt. Ein Bett, ein Stuhl, eine kleine Bibliothek. Ich näherte mich, um mir die Titel anzusehen. Agatha Christie, die Bibel, Conan Doyle, eine Gedichtsammlung. Und auf all dem stand ein Fotorahmen. Die Frau war selbst in Schwarz-Weiß schön. Ich nahm das Bild zur Hand und betrachtete die wachen Augen, den wohlgeformte Mund, die Locken. Das Bild stammte aus einer anderen Zeit. Ich stellte es wieder hin und kam mir plötzlich wie ein Eindringling vor. Es war an der Zeit zu gehen. Es gab weitere Bücher auf dem Nachttisch. Die stammten aus einer Bibliothek. Ein Handbuch der Toxikologie. Lebensgeschichten aus dem Zweiten Weltkrieg. Weitere Krimis.

Ich seufzte, ließ meinen Blick über das Bett gleiten. Alles wirkte ordentlich und sauber. Ein Bild hing an der Wand. Es zeigte einen Flusslauf, der sich im Horizont zu verlieren wagte. Zwei Frauen mit Kopftüchern wuschen Kleider am Wasser. Das Bild strahlte eine bodenständige Ruhe aus.

Aber jetzt war es wirklich an der Zeit zu gehen.

Ich steckte vorsichtig den Kopf aus dem Zimmer, blickte nach links und rechts. Niemand zu sehen. Ich trat auf den Flur hinaus, schloss die Wohnungstür ab und huschte zu den Fahrstühlen.

KAPITEL 5

Natürlich wartete der Aufzug nicht auf mich. Ich drückte den Knopf, der mir blinkend Antwort gab. Das konnte dauern. Ungeduldig trat ich von einem Fuß auf den anderen, verschränkte die Arme vor der Brust und blickte mich verstohlen um. Ich wollte nicht noch einmal zur Rede gestellt werden. Zudem war es hier deutlich kälter als im Flur nebenan. Ein leichter Wind. Wind? Ich runzelte die Stirn, machte einige Schritte zur Seite.

Die Treppentür stand einen Spalt breit offen. Die kältere Luft fand dort ihren Weg ins Stockwerk. Ich stieß die Tür weiter auf. Hier war der Luftzug deutlicher zu spüren. Ich blickte nach oben, dann über die Brüstung nach unten und beschloss, die Treppe zu benützen. Ein wenig Bewegung würde mir guttun. Ein Stockwerk tiefer kam mir ein großgewachsener Mann entgegen. Seine hellen Augen bildeten einen attraktiven Kontrast zu den schwarzen Haaren, dem markanten Kinn. Er trug die typische weiße Weste der Köche mit dem Logo des Altenheimes, lächelte sympathisch und grüßte. In einem anderen Leben hätte er bei mir sicherlich für Aufmerksamkeit gesorgt. Ich lächelte zurück und behielt das Lächeln auf den Lippen. Das Leben hatte eine eigene Art mir zu zeigen, dass ich mich nicht zu sorgen brauchte. Wegen meiner verträumten Gedanken verpasste ich fast die Tür zum ersten Stock.

Mittlerweile hatte sich der Saal gefüllt. Auch der Tisch, an dem Donnie mir meinen Platz heldenhaft freihielt, hatte neue Gesichter. Diese kamen mir irgendwie bekannt vor.

»Hast du die Bekanntschaft mit der Nonna gemacht?«

»Nonna?« Alfred sah ihn irritiert an.

»Darf ich dir Fritz vorstellen?«, fragte Donnie.

»Was ist braun und läuft mit dem Korb zur Nonna? Brotkäppchen!«

»Sie waren oben, eben, nicht wahr?« Ich gab Alfred die Schlüssel zurück, die er wortlos einsteckte.

»Ja, wo wart ihr eigentlich?« Alfreds Augen schlossen sich zu schmalen Schlitzen.

»Auf dem Dach.«

»Das ist Harry«, kommentierte Donnie.

»Aber du rauchst doch gar nicht.«

»Manches eben schon.« Harry zwinkerte Valerie zu. »Willkommen in der Runde, Valerie.«

»Sie kennen meinen Namen?«

»Also bitte. Erst einmal bin ich der Harry. Das Du wird hier eindeutig besser verstanden. Und zweitens hat Donnie uns schon einiges über dich erzählt.«

Donnie lief rot an. »Ich hab Hunger, wann kommt denn endlich ...«

»Du hast ihnen von mir erzählt?«

»Also ...« Er kratzte sich am Kopf.

Draußen war ein dumpfer Knall zu hören, dann erklang die Autosirene wieder.

»Fackelt das Ding endlich ab«, grummelte Alfred. »Ich konnte wegen dem Auto nicht einmal meinen Mittagschlaf ungestört halten.«

»Sorry, ich bin ein wenig spät dran.«

Ich drehte mich um. Die Stimme gehörte zu einer eher dicklichen jungen Frau mit großen Augen, die außer Atem schien. Sie hielt inne, als sie mich sah.

»Oh, hallo, ich bin Molly.«

Molly hatte ein hübsches Lächeln.

»Valerie.«

»Freut mich. Auch mir hat Donnie schon viel erzählt. Aber immer nur Gutes.« Ich warf Donnie einen Blick zu. Er zog den Kopf kurz ein. Molly wandte sich an ihn.

»Ich geh trotzdem noch eine rauchen, kommst du mit?«

Donnie zögerte, sah mich an, dann schüttelte er den Kopf. »Vielleicht später, ja?«

Sie sah ihn neugierig an, sagte aber nichts dazu. In diesem Augenblick hörte die Sirene wieder auf.

»Na, endlich. Abschleppen und einstampfen. Wo bleibt denn das Essen?« Alfred sah sich um.

»Also dann ...« Molly verließ den Tisch, legte aber im Vorbeigehen eine Hand auf Donnies Schulter. Er ließ sie gewähren.

»Also, Valerie, wieso eine Buchhandlung in Düdingen?« Fritz beugte sich vor.

Ich war ein wenig verwirrt.

»Nun ja ... das war schon immer mein Traum gewesen.« Ich sah zu Donnie hinüber, der es vermied, mich direkt anzusehen.

»Ein Traum ist noch lange kein Grund.«

»Lesen macht glücklich, Fritz.«

»Und was liest du?«

»Erwischt.« Ich musste lachen. »Manchmal liest man mehr über Bücher als die Bücher selbst.«

Der allgemeine Lärmpegel schwoll ein wenig an, als die ersten Servicehilfen mit der Vorspeise den Saal betraten.

Der Einmannmusikant legte eine CD ein.

Und im allgemeinen Gemurmel ertönte plötzlich ein greller Schrei, der alle Gespräche auf einmal zum Verstummen brachte.

»Molly!« Donnie sprang auf und rannte los. Ich hinterher. Alle Augen folgten uns. Wirres Gemurmel setzte ein. Menschen standen auf und gingen zu den Fenstern, Donnie nahm die Treppe. In kürzester Zeit hatten wir den Empfangsbereich erreicht und standen unter dem Vordach draußen. Molly drehte uns den Rücken zu und fixierte den Angestelltenparkplatz. Erst als ich neben ihr stand, konnte ich sehen, was sie beschäftigte.

Die Lichtverhältnisse waren nicht wirklich gut, aber es gab auch für mich keinen Zweifel.

Auf dem ersten Wagen lag mit unnatürlich abgewinkelten Armen und Beinen: die neue Direktorin. Ich blickte nach oben, während ich mich ihr vorsichtig näherte. Die Frontscheibe war durch den Sturz in die Brüche gegangen.

Splitter lagen überall verstreut. Ihr Körper hatte eine tiefe Delle in der Motorhaube hinterlassen, dort, wo sie mit dem Kopf zuerst aufgeschlagen sein musste. Ich konnte ihr Gesicht nicht sehen.

»Bleiben Sie zurück.« Andere waren nach uns aus dem Gebäude gestürzt. Eine Frau winkte mir zu. Auf ihrem Namensschild stand ihr Vorname: *Aida*. Sie trug die Uniform einer Pflegerin. Zwei andere Frauen in Weiß näherten sich. Nun stand auch der Koch am Eingang. Und eine Menge anderer, die sich wie aufgeregte Ameisen den Ort zu eigen machten. Ich blickte erneut nach oben, sah all die Gesichter an den Fenstern stehen und begriff nichts mehr.

In kürzester Zeit brach ein Chaos aus, in dem niemand mehr den Überblick hatte. Ich drehte mich um. Donnie stand neben Molly, die auf das Auto starrte.

Dann ertönte in der Ferne die Sirene einer Ambulanz.

KAPITEL 6

Es brauchte einige Zeit, mehrere Einsatz-
fahrzeuge und noch mehr Einsatzkräfte, bis ein
wenig Ruhe einkehrte. Die Polizei sperrte den
Zugang zum Parkplatz und wies alle an, wieder
in den *Sonnenblick* zurückzukehren.

Von einem Fenster im ersten Stock sah ich zu,
wie die Nothelfer Kristanna Deneke in die
Ambulanz hissten. Die Lichter pulsierten in der
aufkommenden Nacht. Die Direktorin lag
angegurtet auf einer Barre. Man hatte ihr eine
Infusion gesetzt und eine Sauerstoffmaske
bedeckte ihr Gesicht.

Donnie trat neben mich. »Alles klar bei dir?«

Ich blickte ihn kurz an. »Ich schaff das schon.«
Er nickte nur, sah auf den Parkplatz hinunter.
Die Delle in der Motorhaube war nun deutlich
zu sehen. Ich wähnte sogar dunklere Flecken
auszumachen. Blut?

»Ich kann es einfach nicht glauben«, sagte er leise.

Das konnte ich auch nicht. Noch nicht.

»Was ist eigentlich passiert?«, fragte ich die Scheibe vor mir. Donnie nahm sich einen kurzen Moment Zeit. »Ich weiß nicht. Es sieht so aus, als wäre sie vom Dach gestürzt.«

»Die Treppentür stand offen, im dritten Stock, als ich Alfreds Rollstuhl in sein Zimmer brachte.«

»Ich kann mir aber nicht erklären, weshalb sie gestürzt sein könnte.«

»Als ich beim Hochgehen aus dem Fahrstuhl kam, hat sie mich angesprochen. Sie reagierte dann auf die Sirene ihres Wagens.«

»Ich hoffe nur, dass sie ...«

Er beendete den Satz nicht, als er Daniela Burri auf uns zukommen sah.

»Ist sie ...?«

Die Polizistin sah mich ernst an. »Sie ist am Leben. Der Arzt würde aber keine Wette eingehen. Ihre Chancen stehen nicht sonderlich gut. Alles, was er mir sagen konnte, schien er selbst nicht wirklich zu glauben. Sie hatte das Pech, mit dem Kopf voran zu stürzen.«

Ich sah nachdenklich nach draußen. »Sie wirkte nicht wie jemand, der einfach mal so von einem Dach stürzt. Da ist etwas faul an der Sache.«

»Du hast mit ihr gesprochen?«

Ich setzte sie über meine Begegnung mit Deneke in Kenntnis. Sie nickte mehrmals.

Und während ich erzählte, fiel mir der Koch wieder ein. Er war nach oben gegangen, ich nach unten. In Anbetracht der jetzigen Situation konnte ich sein Lächeln auch anders deuten.

»Und wann war das?«

Ich überlegte kurz. »Vielleicht zehn, fünfzehn Minuten, bevor die Autosirene erneut losging.«

»Ist dir sonst noch etwas aufgefallen?«

Ich zögerte kurz, schüttelte dann den Kopf. Um den Koch würde ich mich persönlich kümmern. Dann erzählte Donnie von den Begebenheiten der letzten Tage.

Daniela wurde zusehends nachdenklicher und entschuldigte sich dann. Donnie berührte meinen Arm. Als ich ihn ansah, machte er eine Kopfbewegung in Richtung der Tische.

»Komm.« Ich nickte und folgte ihm.

Alfred saß nur da, er starrte missmutig vor sich hin. Fritz hatte aus den Menükarten kleine Flieger gebastelt, die er Harry über den Tisch zufliegen ließ. Der eine landete im Rotweinglas.

»Und?«, fragte er.

»Ich könnte jetzt auch ein Glas gebrauchen«, antwortete Donnie und angelte sich die Flasche.

»Bist du nicht ein wenig zu jung dafür?«

Donnie schnitt Fritz eine Grimasse.

»Sie sagen, sie habe den Sturz zwar überlebt, ihre Chancen stehen aber nicht sehr gut.«

Er schenkte sich ein und machte mir eine einladende Kopfbewegung. Ich schüttelte den Kopf.

»Schade«, sagte Alfred bitter.

»Was nicht ist, kann ja noch werden.« Harry fischte den Flieger aus seinem Glas, bevor er es zur Hand nahm. »Auf den gelungenen Abend.«

»Bist du da nicht ein bisschen makaber?« Fritz prostete ihm zu. »Ein bisschen mehr Respekt hätte sie verdient.«

Harry zuckte mit den Schultern und nahm einen kräftigen Schluck. »Respekt dem, der es mit der aushält.«

»Wo bleibt denn nun das Essen?«, fragte Alfred.

»Ihr scheint ja von der Lage nicht sonderlich berührt zu sein.«

»In diesem Haus stirbt allemal jemand, Valerie. Und sie ist ja nicht tot, wie Donnie sagte. Was sollen wir denn machen? Ein Gebetsklub eröffnen?«

»Te schoou mast go ohhn.«

»Aber zuerst was zu essen.«

Ich blickte zu Donnie hinüber, der betroffen in sein Glas blickte. Das Ganze wurde mir zu viel, als Alfred auch noch begann, im Rhythmus der immer noch laufenden Hintergrundmusik mit der Gabel an sein Glas zu schlagen.

»Ihr entschuldigt mich kurz, ja?«

Ich stand auf, nahm mein Handy und verließ den Raum. In der Tür stieß ich fast mit Molly zusammen, die sich hastig entschuldigte. Sie stank nach Zigarettenrauch und war leichenblass.

»Alles in Ordnung?«

Sie nickte müde. »Muss.«

»Sag mal, wo sind denn die Toiletten?«

»Hinter dem Empfang, gleich neben der Küche.«

»Neben der Küche?«

Sie nickte matt.

»Danke.«

Und mit einem Mal waren meine physischen Bedürfnisse nicht mehr so wichtig.

KAPITEL 7

Vier Menschen befanden sich in den Räumen der Küche, als ich eintrat. Der großgewachsene Koch befand sich nicht unter ihnen. Alle vier waren damit beschäftigt, Essen zuzubereiten. Es war heiß und stickig. Den Ersten, der mich anblickte – ein vielleicht zwanzigjähriger Gemüseschnippler mit unreiner Haut und grauen Augen – fragte ich nach dem Koch.

»Du meinst sicher Andrej. Der ist nicht da.«

»Wo ist er denn?«

Er zuckte mit den Schultern und schnitt weiter.

»Versuch es mal auf dem Dach«, rief mir eine Frau durch das Zischen des Dampfabzugs zu, unter dem sie Fleisch scharf anbriet. Ich nickte und zog mich hastig aus der Hitze zurück. Der Flur fühlte sich plötzlich kalt an.

Das Dach.

Drei Stockwerke zu Fuß? Noch einmal?

Die Türen des Fahrstuhls öffneten sich sofort. Es gab also ein Gott des Erbarmens irgendwo. Einmal in der Kabine stellte ich zu meiner eigenen Überraschung fest, dass es einen Knopf für die Dachterrasse gab – in einem Altersheim nicht wirklich sinnstiftend, wie ich fand. Wieso sollten betagte Menschen die Möglichkeit haben, auf das Dach zu gehen? Ich machte mir eine mentale Notiz, jemandem die Frage zu stellen.

Die Dachterrasse erreichte ich vom Aufzug aus nur über zwei Stufen und eine schwere Tür. Das Licht aus dem Treppenhaus erleuchtete den Kies vor mir und zeichnete ein Dreieck in die Dunkelheit.

Für einen kurzen Moment sah ich die Glut einer Zigarette im Dunkeln aufleuchten. Er hatte mir den Rücken zugedreht, stand am Geländer auf der Parkplatzseite.

»Andrej?«

Er drehte sich langsam zu mir um. Die Tür hinter mir schloss sich mit einem lauten Knall, sodass ich zusammenzuckte. Erst jetzt wurde ich mir bewusst, in welche Situation ich mich hineinmanövriert hatte. Der kühle Wind ergriff Besitz von mir und ließ mich schaudern.

Der Mann, den sie Andrej nannten, bewegte sich nicht. Ich spürte aber seine Augen auf mir ruhen. Die Stille war auf seiner Seite. In einem Thriller wäre ich ihm nun ganz ausgeliefert. Er würde sein Gesicht zu einem schiefen Grinsen verziehen, die Zigarette wegwerfen und ...

Andrej warf seine Zigarette fort.

Ich schluckte leer und verspürte diesen inneren Drang, etwas sagen zu müssen.

»Schöner Abend. Ein bisschen kühl.«

Andrej setzte sich in Bewegung und kam auf mich zu. Erneut wurde ich an unseren Größenunterschied erinnert. Er war drei Kopf größer als ich.

»Immer kalt, diese Zeiten.« Seine Stimme klang freundlich, mit einer Spitze aus Neugier und einem Hauch Ironie im Abklang.

»Sie müssen Jacke mitnehmen.«

»Ich brauche frische Luft. Aber Sie haben recht, ich bin noch leicht verwirrt.«

»Schlimme Sache mit Chefin.«

»Kennen Sie sie gut?«

»So wenig wie möglich. Ich glaube, keiner in Haus will mit ihr Freund sein.«

»Warum denn nicht?«

Er zögerte, bewegte den Kopf zuerst auf die linke Seite, dann auf die rechte. Etwas knackte in seinem Nacken.

»Sie haben bösen Blick.«

»Den bösen Blick?«

»Sie bringen Unheil, wo immer sie auch hingehen.«

»Glauben Sie daran?«

Er schwieg einen Augenblick. »Ich glaube, es handelt sich nicht um Frage Glauben. Ich trage immer Nadel in Kleidung, seit sie hier gewesen.«

»Gewesen?«

»Habe ich in Vergangenheit gesprochen? Das mir leidtun.«

»Haben Sie sie gesehen, als Sie hochkamen?«

»Die Chef?« Er grinste. »Ich habe sie nicht gesehen.«

»Aber Sie waren doch hier oben, oder nicht?«

Er öffnete die Tür mit einem Schlüssel.

»Sie fragen viel. Bleiben Sie nicht zu lang. Dach ist gefährlich.«

Und damit verließ er mich. Die Tür fiel laut ins Schloss. Ich blickte mich um. War das eine Drohung gewesen? Hatte Andrej Angst, ich könnte etwas entdecken? War beim Sturz der Direktorin etwa nachgeholfen worden? Ich sah mich um. Der Kiesel knirschte unter meinen Füssen. Ich zählte zehn Schritte bis zum Rand der Terrasse. Eine kniehohe Mauer. Darüber hatte man eine Brüstung gebaut, auf die sich

Andrej beim Rauchen gestützt hatte. Von hier konnte man definitiv nicht einfach mal so springen. Ich stellte mir vor, wie Deneke hier gestanden haben musste. Was hatte sie dazu bewegt, nach unserer Auseinandersetzung auf das Dach zu gehen? Wollte sie auch eine Zigarette rauchen?

Ich berührte das kalte Metall des Geländers, sah nach unten. Deneke ist kleiner als meine eins achtundsechzig. Und ich sah mich nicht einfach mal so schnell über das Geländer klettern. Die Lichter des Hauses zeichneten ein Spiel der Schatten zwischen die Bäume. Niemand war auf dem Parkplatz zu sehen.

Der Wind nahm an Stärke zu. Es war Zeit nach unten zu gehen. Erst als ich versuchte, die Tür wieder zu öffnen, merkte ich, dass ich ausgesperrt worden war.

KAPITEL 8

Morgenstund hat Gold im Mund. Aber mit Sicherheit noch nicht so früh. Und mit Sicherheit nicht, wenn man, wie ich, vergessen hatte, seiner Mutter die Wohnungsschlüssel zurückzuverlangen.

Donnie und ich kamen um halb zwei endlich in der Brugerastrasse an, völlig übermüdet und am Ende unseres Lateins. Schon vor der Tür zu meiner Wohnung wusste ich, dass der Tag noch nicht zu Ende war. Stimmen drangen in einer provokativen Lautstärke bis auf den Flur. Donnie wollte mich nicht allein lassen und so entdeckte er, was ich bereits erahnte: meine Mutter auf dem Sofa. Der Fernseher lief, eine Flasche Champagner stand neben einem halb leeren Glas auf dem Couchtisch. Ich angelte mir die Fernbedienung und stellte den Fernseher ab, was zur Folge hatte, dass Bärbel wie von der Tarantel gestochen hochfuhr und bleichen

Gesichtes mit erschrockenen Blicken um sich warf. »Weg von mir. Ich bin bewaffnet. Mein Blick kann töten. Ich stamme von einer Mafiafamilie ab und kann so laut schreien, dass ...« Sie hielt inne.

»Ist das der Champagner, den ich zur Eröffnung des Buchladens erhalten habe?«, wollte ich wissen.

»Und er ist gut. War eine gute Wahl. Da hat man dich nicht veräppelt.«

»Mutter!«

»Ich musste mir doch die Zeit vertreiben, weil *du* mir nicht geantwortet hast.«

Ich machte mir die mentale Notiz, Bärbel definitiv die Schlüssel zu meiner Wohnung abzunehmen. Sie stand auf und hielt sich den Rücken.

»Deine Couch war auch schon mal bequemer gewesen.«

»Oder du jünger.«

»Apropos, geht es dir gut?« Sie legte den Kopf schief und runzelte die Stirn. »Siehst ein wenig scheiße aus, finde ich.«

Ging es mir gut?

»Ich wurde auf einer windigen Terrasse ausgesperrt, eine Frau fiel vom Dach und wäre dabei fast gestorben und die Musik war schrecklich.«

»Was hast du denn schon wieder angestellt?«

»Ich?«, krächzte ich verständnislos.

Bärbel sah mich missmutig an. »Schon gut, schon gut. Musst ja nicht gleich deine Hormone sprechen lassen.«

»Meine was ...?«

Sie schnappte sich Champagner und Glas und ging an mir vorbei zur Küche.

»Hallo, Donnie.«

Donnie machte eine vage Geste mit der Hand, die so ziemlich alles bedeuten konnte.

»Siehst auch nicht besser aus, junger Mann.«

»Danke sehr.«

»Kaffee?«

Bei diesem Stichwort jagte ein schwarzer Schatten aus dem Badezimmer ihr nach. Der Hund hätte mich beinahe umgeworfen.

»Hallo, Ernst ...« Donnie blieb cool.

»Ich brauche jetzt etwas Stärkeres ...«, gab ich zurück.

»Espresso?«

»Sehr witzig!«

»Doppelten Espresso?«

»Haha ...«

»Ist dein Humor auch vom Dach gestürzt?«

Ich sah zum Badezimmereingang und konnte gerade noch einen Blick auf Hemingways Schwanz erhaschen, als der Kater sich ins Schlafzimmer absetzte. Gott weiß, wie lange der Hund ihn im Badezimmer in Schach gehalten hatte. Katzenrache ist bittersüß und kostete mich in der Vergangenheit schon etliche Pflanzen und Lieblingskissen.

»Und wer ist denn abgestürzt?« Bärbel holte zwei Wassergläser aus dem Schrank. Ich war ihr gefolgt und runzelte die Stirn, als sie zuerst ihr Champagnerglas nachfüllte und dann den Flaschen-Rest auf Donnie und mich verteilte. Es blieb für jeden von uns ein Zungennässer übrig.

»Die neue Direktorin.«

»Ach herrje, du sprichst aber nicht von der Deneke, oder?« Sie nippte an ihrem Glas.

»Genau derselben. Was meinst du mit ›Ach herrje‹?« Um an meinen Küchenschrank zu gelangen, musste ich sie zuerst gestenreich verscheuchen. Von allein kam sie nicht auf die Idee, aus dem Weg zu gehen.

»Nun, man hört vieles über sie. Ob das wieder eine PR-Masche ist?«

»Ich denke nicht.« Ich nahm ein Whiskyglas zur Hand und zeigte es Donnie, der mir zunickte und die Küche verließ, während ich mir ein zweites angelte. »Sie war jetzt wirklich nicht in PR-Stimmung, als die Sanitäter sie abtransportierten, glaub mir.«

Donnie war mit der Flasche zurück.

»Man munkelt, sie wäre nicht sonderlich beliebt.«

»Wer munkelt?«

Sie sah mich verschwörerisch an. »Darf ich dir nicht sagen. Aber meine Quelle ist vertrauenswürdig.«

Ich verdrehte die Augen. Donnie schenkte ein. Mops Ernst leckte sich den Allerwertesten. Familienbild mit Stil.

»Vertrauenswürdig, so so.«

»Nur nicht so sarkastisch. Ist für sie sicher auch nicht einfach.«

»Mutter, die Verteidigerin der Einsamen und Verlorenen.«

»Kannst du Radio sarkastisch.fm mal ein bisschen leiser drehen?«

Ich trank mein Glas in einem Zug leer.

»Ich meine es ernst. Die Frau hat gelitten.«

»Sagt man?«

Ich hielt Donnie mein Glas wieder hin.

»Sie kommt aus einer schwierigen Beziehung.«

»Aha.« Ich wedelte mit dem Glas herum, bis Donnie es wieder füllte.

»War lange Jahre mit einer Frau zusammen«, wusste Bärbel zu erzählen.

»Mit einer Frau?« Ich blickte auf mein Glas, trank es erneut in einem Zug aus.

»Man sagt, sie habe sich getrennt, weil sie mehrmals im Spital endete.«

Ich runzelte die Stirn und sah meine Mutter an.

»Du weißt schon«, fügte sie ungeduldig hinzu. »Häusliche Gewalt und so.«

KAPITEL 9

Das Handy klingelte im Tiefschlaf, irgendwo in meinem Traum. Ich ließ es klingeln. Es klang doch irgendwie schön. Dann brummte es und bewegte sich auf dem Nachttisch. Nur sehr langsam kam ich zu der Schlussfolgerung, dass ich vielleicht abnehmen sollte. Ich tastete blindlings danach. Mein Kopf schmerzte, genau hinter meiner Stirn. Meine Augenlider fühlten sich schwer an und mein Arm war zu kurz. Ich streckte mich, um an das verdammte Ding ranzukommen. Meine Finger konnten des Telefons einfach nicht habhaft werden. Ich bewegte mich aus den drei flauschigen Kissen und schlug mir prompt den Kopf an der Kante des Nachttisches an.

Aua.

Die Lampe geriet daraufhin ins Ungleichgewicht und ging mit lautem Getöse zu Boden. Hemingway erschrak und flüchtete mit zwei

Sätzen aus dem Zimmer. Zum ersten Sprung setzte er auf meinem Rücken an. Alle Krallen ausgefahren.

Doppel-Aua.

Endlich hielt ich das vermaledeite Telefon in der Hand.

»Hallo?« Meine Stimme klang schrecklich.

»Solltest du nicht in der Buchhandlung sein?«

In der ... was?

Mit einem Mal war ich hellwach. Was hatten wir denn für eine Zeit? Ich richtete mich zu schnell auf und musste kurz warten, ehe meine Augen mir die Sicht auf das Handydisplay freigaben.

Ich liebte Whisky. Er mich nicht.

Das Drama in so vielen Liebesbeziehungen.

Es war kurz vor sieben.

»Habe noch Zeit, Daniela.«

»Und ich jetzt deine ganze Aufmerksamkeit. Warum sprachst du gestern Abend mit Andrej Rostow?«

»Weil er schöne Augen hat.«

»Bitte beantworte meine Frage.«

»Warum ist das so wichtig?«

Daniela schwieg.

»Weil ...« Sie seufzte. »Kristanna Deneke hat die Nacht nicht überlebt. Darum.«

»Scheiße.«

»Das kannst du laut sagen.«

»Daniela, ich war auf dem Dach. Man stürzt nicht einfach so von dort oben. Entweder man trifft die Entscheidung, es zu tun, oder einem wird geholfen, sich zu entscheiden.«

»Warum Rostow?«

»Als ich Alfreds Rollstuhl zurückbrachte, nahm ich die Treppe, um zurück in den ersten Stock zu gelangen. Im Treppenhaus kam er mir entgegen.«

»Wie lange war das, bevor man Deneke fand?«

»Zehn, fünfzehn Minuten vielleicht.«

Daniela schwieg. Mit meiner freien Hand strich ich mir übers Gesicht, bewegte dann den Kopf von links nach rechts und zurück. Mein Rücken fühlte sich steif an.

Juhu, ich werde jünger.

»Warum weißt du das mit dem Koch?«, fragte ich.

»Weil er mir das gesagt hat.«

»Du hast also mit ihm gesprochen?«

»Gleich bei Schichtbeginn heute Morgen.«

»Hat er auch erwähnt, dass Deneke den bösen Blick hatte?«

»Den bösen Blick? Nein, davon hat er nichts gesagt.«

»Aua!«

»Ist alles in Ordnung Valerie?«

»Ja, mein Rücken.«

Ich beugte mich stöhnend nach vorne, hob die Lampe vom Boden auf. Mein Kopf beglückwünschte mich dazu mit einer Vielzahl an kleinen Schmerzwellen.

»Aua.«

»Bist du sicher, dass alles in Ordnung ist?«

»Whisky liebt mich nicht.«

»Ich glaub, ich komme später mal in der Buchhandlung vorbei. Vielleicht hast du bis dann deine gute Seite wieder gefunden.«

»Sehr witzig.«

»Du kannst mir ein andermal danken.«

»Dann haben wir einen Fall?«

»Ich habe einen Fall. Du hast einen Buchladen.«

Ich überlegte kurz, ob ich Daniela von Denekes vergangener Beziehung erzählen sollte, entschied mich aber dagegen. Ich konnte ihr das immer noch sagen, wenn ich mit Denekes Ex gesprochen hatte.

»Es gibt einen anderen Grund, weshalb ich mit dir reden möchte. Zeugen haben gesehen, wie du dich im dritten Stock aufhieltest, Minuten bevor Deneke stürzte. Und dass ihr eine Auseinandersetzung hattet.«

»Bin ich etwa eine Verdächtige?«

»Worüber habt ihr gestritten?«

»Ich bin ihr im dritten Stock das erste Mal begegnet. Sie hat mich darauf aufmerksam gemacht, dass ich dort nichts verloren hätte. Dann ist ihr Autoalarm losgegangen und ich bin geflüchtet.«

»Mit dem Rollstuhl.«

»Mit dem Rollstuhl.«

»Und dann gingst du zurück in den Speisesaal.«

»Dann ging ich zurück in den Speisesaal.«

»Und du hast sie nicht mehr gesehen?«

»Das Einzige, was ich gesehen habe, war die offene Treppentür neben dem Aufzug.«

»Du willst mir also sagen, dass Deneke nach eurer Begegnung die Treppe nahm, um auf dem Dach eine Zigarette zu rauchen?«

»Könnte doch sein.«

»Ist dir an Deneke etwas aufgefallen?«

»Neben der latenten Streitsüchtigkeit meinst du?« Ich versuchte, mich an die Begegnung zu erinnern. Ohne großen Erfolg.

»Ich frage mich, was sie im dritten Stock machte.«

»Könnte es sein, dass sie vom Dach kam, als du ausstiegst?«

»Könnte schon, aber was ergibt das für einen Sinn? Der Fahrstuhl geht bis aufs Dach. Sie wirkte jedenfalls missmutig und ihre Gesten waren fahrig.«

»Als beunruhigte sie etwas?«

KAPITEL 10

Bananen, Spinat, Honig, Eiswürfel, Ingwer und Naturjoghurt. Auch wenn der Lärm der Smoothie-Maschine ungeahnte Orte in meinem Kopf erreichte, ein besseres Anti-Kater-Rezept gab es nicht.

Um sicherzugehen, nahm ich trotzdem eine Tablette. Nach einer heißen Dusche fühlte ich mich einigermaßen einsatzbereit. Die Welt hatte zwar weiche Konturen, als ich das Haus verließ, aber mit Sonnenbrille war das ganz erträglich.

Während ich nun die reformierte Kirche rechts liegen ließ und die Bahnhofstraße hinunterging, fragte ich mich, wie wohl die Freundin von Deneke aussehen mochte. Ich hatte irgendwie Mühe, sie mir vorzustellen. Im Kopf versuchte ich, Deneke noch einmal in Erinnerung zu rufen, was mir kläglich misslang. Was blieb, war dieses antipathische Gefühl. Alles zog sich in mir zusammen, wenn ich an unsere Begegnung dachte. Woher kam meine Reaktion? Ich hielt mich für einen offenen Menschen, jemanden der mit allem und jedem zurechtkam. Deneke hatte mir das Gegenteil gezeigt. Irgendwo baute ich inneren Widerstand gegen sie auf. Dabei hatte sie mich doch nur danach gefragt, was ich im dritten Stock machte. Und das zu Recht.

Der Duft von frischem Brot holte mich aus meinen Gedanken. Ich war auf der Höhe der kleinen Bäckerei angekommen. Wie praktisch das doch war, einen Bäcker auf dem Weg zur Arbeit zu haben.

Zwei große Schaufenster, ein roter Eingang. Wenn man eintrat, stand man direkt vor der Kasse. Links die Theke, rechts Lebensmittel und Früchte. Eine kleine Kaffeemaschine summte fröhlich vor sich hin. Ein Regal pries Chips in allen Variationen an. Vor mir standen zwei Personen, sodass ich einen kleinen Moment hatte, bevor ich mich entscheiden durfte. Donnie würde auch kommen.

Und der hatte immer Hunger.

Hinter mir ging die Tür auf. Ich spürte die Person hinter mir und trat einen Schritt zur Seite. Der Laden war schön eingerichtet, aber schlecht beleuchtet. In der Auslage gab es Sandwiches und Süßes zum Dessert. Auf dem

Regal an der Wand verschiedene Brotsorten, Croissants und andere Köstlichkeiten.

Die Frau hinter der Theke sah mich etwas eigenartig an, bis ich merkte, dass ich die Sonnenbrille immer noch auf hatte. Ich nahm sie ab, versuchte es mit einem verständnis-heischenden Blick und bemerkte mit einem Mal, dass die Beleuchtung tatsächlich ganz in Ordnung war.

»Was darf's denn sein?«

Ich gab meine Bestellung auf und sah zu, wie die Backwaren in eine große weiße Tüte gepackt wurden.

»Sie sind doch die Buchhändlerin, nicht wahr?«

Sie tippte auf der Kasse.

»Ja, wieso?«

»Muss schlimm gewesen sein, gestern Abend.«

»Ich verstehe nicht?« Ich sah die Summe auf dem Kassendisplay und reichte ihr eine Banknote.

»Ich kannte sie nicht, die Neue. Also nicht wirklich.« Sie gab mir das Rückgeld, das ich in meinem Portemonnaie verschwinden ließ. »Also, ich meine damit, dass ich sie nie hier im Laden gesehen habe. Aber sie wohnte nicht weit von meiner Tochter entfernt«, rechtfertigte sie sich.

»Und wo wohnte denn Ihre Tochter?«

»In diesen Neubauten bei der Eisbahn.«

»Aber jetzt war sie nicht mehr dort zu Hause gewesen, oder?«

»Meine Tochter?«

»Nein, die neue Direktorin.«

»Ne, die ist ausgezogen. Schon vor einigen Monaten. Ich weiß aber nicht, wohin. Ist ja jetzt eh egal.«

Ich schwieg und wartete, bis sie mir die Tüte mit den Croissants reichte.

»Ist eine schlimme Sache. Und das in Düdingen.«

Ich nickte, dankte, schenkte ihr ein halbes Lächeln und verabschiedete mich. Bevor ich die Bäckerei jedoch definitiv verließ, drehte ich mich noch einmal um.

»Woher wissen Sie das wegen gestern Abend?«

Sie sah mich erstaunt an.

»Na, weil es in der Zeitung steht.«

»Aha.«

Sie senkte den Blick. »Und weil meine Mutter im *Sonnenblick* lebt.«

»Deshalb wussten Sie auch, dass ich dort gewesen bin.«

Sie nickte.

»Vielen Dank!« Ich setzte meine Brille wieder auf und schickte mich an zu gehen.

»Aber gern. Ich hoffe, Sie erwischen den Kerl schnell.«

Ich drehte mich erneut zu ihr um.

»Wer sagt denn, dass es Mord war?«

»Niemand springt von so einem Dach. Will man sich umbringen, ist das Dach zu wenig hoch. Da gibt es bedeutend berüchtigtere Orte in der Nähe. Und da sind doch die kleine Mauer und die Balustrade. Ich war auch schon dort oben. Und wieso sollte sie sich an einem Abend vor allen Leuten umbringen wollen?«

»Das frage ich mich auch.«

Sie strahlte mich an.

»Man hörte sie oft streiten. Die Wohnungen sind nicht sonderlich gut isoliert, wo meine Tochter wohnt. Ich würde dort mal nachfragen.«

KAPITEL 11

»Wer war denn ihre Lebensgefährtin?«, fragte Donnie, nachdem er sein erstes Croissant in Rekordzeit verdrückt hatte.

»Wüsste ich es, wärst du schon lange allein in der Buchhandlung.«

Er schnitt mir eine Grimasse.

»Aber um ehrlich zu sein wäre sie, egal, wer sie auch sein mag, doch irgendjemandem aufgefallen. Du kannst als Außenstehende keinen Schritt im *Sonnenblick* machen, ohne dass du jemandem über den Weg läufst. Ich habe das ja selbst erleben dürfen.«

»Die Buchhändlerin des Abends.« Er lächelte verschmitzt. »Die Königin des Whiskys.«

Ich seufzte. »Wie viele habe ich denn eigentlich getrunken, nachdem meine Mutter gegangen ist?«

»Ich habe die Flasche entsorgt.«

»So viel?«

Er hob die Schultern.

»Und du hast mich nicht davor bewahrt?«

»Irgendwann hast du das Glas weggelassen und die Flasche auch nicht mehr hergegeben.«

»Wie bin ich denn eigentlich ins Bett gekommen?« Ich wusste es im selben Moment. Mein Kopf lief rot an.

»Genau. Und jetzt einen Kaffee.« Donnie begann am italienischen Kaffeeaufbereiter zu hantieren, während ich meine Gedanken zu ordnen versuchte.

»Das Zeitfenster. Warst du die ganze Zeit im Saal? Ich meine zwischen dem Moment, als ich den Saal verließ, bis man Deneke fand?«

Er nickte. »Die ganze Zeit.«

»Ist dir etwas aufgefallen?«

»Dass weder Fritz noch Harry gute Blasen besitzen und immer wieder austreten müssen? Oder dass Alfred nicht der Mörder sein kann?«

»Sehr witzig. Ist dir in den Minuten, in denen ich nicht da war, wirklich nichts aufgefallen?«

Donnie stellte mir eine Tasse Kaffee vor die Nase.

»Der Saal füllte sich langsam. Mir fiel ... warte. Jetzt, wo du die Frage stellst. Als ich das letzte Mal bei der Jass-Runde war, ging ich noch schnell auf die Toilette. Dabei habe ich zufällig ein Gespräch mitgehört.«

»Zufällig?«

Er grinste. »Na ja ... ich musste natürlich stehen bleiben. Es war davon die Rede, jemanden ›aus dem Weg zu räumen‹. Ich erinnere mich, dass es zwei Frauen waren, die zusammen sprachen, kann dir aber nicht sagen, wer sie waren. Ich musste abbrechen, da ich sonst aufgeflogen wäre.«

»Aus dem Weg räumen? Das klingt aber nach einem Plan.«

»Ich dachte zuerst, eine der beiden wäre Deneke gewesen, bin mir aber plötzlich nicht mehr sicher. Als du nämlich oben warst, da erkannte ich eine der Stimmen wieder. Ich erinnere mich, dass zwei Frauen an mir vorbeigingen, um den Saal zu verlassen. Die eine war Aida, die Leiterin der Pflegefachfrauen. Die andere war Cordillot, die Personalverantwortliche.«

»Hast du sie nachher zurückkommen sehen?«

»Ich habe nicht mehr darauf geachtet. Dann kamen Fritz und Harry zum Tisch.«

»Wem der beiden gehört denn die Stimme?«

»Ich denke an Cordillot. Sicher bin ich mir aber nicht.«

»Was hätte sie denn für ein Motiv? Und mit wem hatte sie im Flur gesprochen?«

»Ich weiß es nicht.«

»Und da ist auch der Koch, Andrej«, gab ich zu bedenken. »Ich bin ihm begegnet, als er die Treppe hochging. Als ich ihn darauf ansprach, hat er mich gewarnt.«

»Gewarnt?«

»Er sagte, ich soll mich von Deneke fernhalten. Sie bringe Unglück.«

»War er oben zum Zeitpunkt des Mordes?«

»Kann sein. Ich weiß es nicht. Ich frage mich, was er als Tatmotiv haben könnte.«

»Willst du mich verarschen? Deneke hat den Laden in wenigen Tagen so aufgemischt, dass selbst die Katze einen Grund hatte, sie sich wegzuwünschen.«

»Übertreibst du da nicht ein wenig?«

»Vielleicht. Vielleicht auch nicht. Jeder dort hasste sie auf die eine oder andere Weise.«

»Was uns nicht weiterbringt.«

»Ich war da, als sie über Molly herfielen.«

»Über Molly, ja?«

»Was soll jetzt diese spitze Bemerkung?«

»Sie mag dich, Molly ...«

»Molly?«

»Komm schon. Sag mir nicht, dass du das nicht bemerkt hast.«

»Meinst du?«

Ich winkte ab und nahm einen Schluck Kaffee.

»Bist du etwa eifersüchtig?«

»Die Frage bringt uns nicht weiter.«

»Also bist du eifersüchtig.«

»Habe ich nicht gesagt. Was war denn nun mit Molly?«

Aber Donnie war in seiner Welt.

»Du bist eifersüchtig. Auf Molly? Wegen mir?«

»Donnie.«

»Sie ist eiiiiiiifersüchtig, eiiiiiiifersüchtig, wegen mir.« Er sang und fing an tanzende Bewegungen zu machen.

»Lass das!«

Aber Donnie hörte nicht mehr zu. »Eifersüchtig, eifersüchtig, eifersüchtig.« Er tanzte, wie es vermutlich Indianer um ihr Lagerfeuer getan haben mussten, wenn man denn diesen amerikanischen Verfilmungen Glauben schenkte.

»Donnie, ich ...«

Mittlerweile drehte er sich um die eigene Achse, alternierte Moonwalk und Roboterbewegungen.

»Donnie, an deiner Stelle würde ich ...«

Er griff nach der Fernbedienung des Radios.

»Du bist eiiiiiifersüchtig, eiiiiiifersüchtig, yeah, yeah!«, sang er nun in sein improvisiertes Mikrofon.

»Yeah, yeah! Auf wen denn?« Das Glöckchen an der Tür bimmelte. Donnie fuhr herum.

»Oh, ich ...« Er lief rot an.

»Ja, auf wen denn?«, flötete ich mit amüsiertem Blick. Er legte die Fernbedienung auf den Tresen, als würde er sich plötzlich die Finger daran verbrennen.

»Oh, hallo Frau Zumstein, ich meine Barbara ... äh ...«

»Netter Muuuv in the gruuv« Sie machte eine kurze schlangenförmige Handbewegung vor ihrem Gesicht und dazu einen kleinen Ausfallschritt.

»Ja, Donnie, dät fits laik de fist in de Eye«, setzte ich einen oben drauf.

»Also ...« Er sah von mir zu meiner Mutter und zurück.

»Dät pulls iu de Schuu off, gäll?«

»Also ich ... muss dann mal ... na, ja« Er machte kleine Armbewegungen in Richtung Archiv, als gälte es, einen Jet auf einem Flugzeugträger einzuparken. »Aufräumen und so ...«

71

Bärbel zog die Augenbrauen hoch.

»Äh, ai äm dan mal awei.«

KAPITEL 12

»Und da will jemand Männer verstehen wollen.« Bärbel schüttelte den Kopf.

»Das kannst du laut sagen. Kaffee?«

Bärbel schüttelte den Kopf gleich weiter. »Zu spät für Kaffee. Meine Ernährungsberaterin sagte ...«

»Du hast eine Ernährungsberaterin?«

»Jeder depressive Hund hat seinen Psychotherapeuten. Wofür sind die sonst da?«

Ich grinste.

»Werde nicht unverschämt, Kind Gottes!«

»Was willst du denn bei einer Ernährungsberaterin?«

»Manche Kleider sind wirlich gemein zu mir geworden. Sie werden alle ein bisschen eng, wo sie nicht sollten. Ich muss diese Kilos im Auge behalten. Also ich brauche jemand, der das für mich tut. Wie auch immer ... keinen Kaffee nach zehn Uhr.«

»Aha. Dann vielleicht ein Glas kalorienarmes Wasser?«

»Mach dich nicht über mich lustig. Du wirst schon sehen, wenn du einmal so alt bist wie ich. Da schwitzt man an Stellen, da kommt der Sport gar nicht hin, meine Liebe.«

Ich verdrehte die Augen, wechselte hinter die Bar und füllte ein Glas mit Hahnenwasser.

»Hast du die Zeitung gelesen?«

Ich ahnte, was da kommen würde.

»Ah, diese Sensationsjournalisten.« Sie seufzte übertrieben. »Die schreiben alles außer dem, was uns wirklich interessiert. Sie stellen immer die falschen Fragen in diesen Blättern und wundern sich, weshalb sie immer weniger Leser haben. Und da dachte ich, ich komme für die Details direkt zu dir.«

»Und wieso glaubst du, dass ich mehr wissen könnte?«

»Weil du meine Tochter bist.«

»Soll das jetzt ein Kompliment sein?«

»Wart's ab, bis du mein Alter hast. Du wirst schon sehen. Huch!« Sie blickte mich mit großen Augen und rundem Mund an. Ein Fisch, der plötzlich bemerkt, dass er kein Wasser mehr um sich hat. »War Eifersucht etwa das Motiv? Dacht ich's mir doch! So können nur Männer töten. Eine unschuldige Frau vom Dach stoßen.«

»Mutter! Erstens wissen wir noch nicht, was das Motiv war. Zweitens hatte Deneke keinen Ex-Freund. Sie hatte eine Ex-Freundin und drittens ...«

»Keinen Freund? Sie war also ... na, du weißt schon?«

Ich seufzte. Sie nickte bedächtig und nahm einen großen Schluck Wasser. »Aha«, sagte sie und das Wort erklärte für sie auch gleich das Vorgefallene. Aber mein Schweigen behagte ihr nicht lange. »Es soll wieder warm werden in den nächsten Tagen.«

Da es sich um keine Frage handelte, trank ich den mittlerweile lauwarmen Kaffee aus und stellte die Tasse in das Spülbecken.

»Und was willst du jetzt tun?«, fragte sie.

Ich zuckte die Schultern. »Fragen stellen.«

»Immer gut.« Sie schwieg kurz. »Und wem?«

»Das ist die Frage. Natürlich können wir die Ex-Freundin nicht ausschließen. Aber da ist noch der Koch, der mich vor der Toten gewarnt hat. Und mindestens zwei Angestellte, die auch Motive haben könnten. Die Verstorbene war zeitlebens kein Engel und hat sich in kurzer Zeit sehr viele Feinde gemacht.«

»Die hatten im *Sonnenblick* aber auch schon vor ihr Probleme.«

»Wie meinst du das?«

»Es wird gemunkelt, dass viel gestohlen wurde.«

»Gemunkelt ist sehr vage.«

»Ich habe klare Informationen aus erstbester Quelle, glaub mir.«

»Natürlich, Mutter.«

»Also gut, man sagt, dass der *Sonnenblick* finanziell auf der Schattenseite stand.«

»Woher hast du das denn?«

»Och, Kindchen! Du kannst dich beruhigen. Das stammt nicht aus derselben Quelle. Ich sitze halt nicht immer in einer Buchhandlung herum. Es ist verrückt, was man so alles erfährt, wenn man sich in ein Café setzt. Von wegen, Menschen reden nicht mehr miteinander.«

Ich runzelte die Stirn. »Die reden eher übereinander und nicht miteinander. Aber angenommen, dem *Sonnenblick* ging es finanziell schlecht. Der Verwaltungsrat stellt Deneke ein, um dem auf den Grund zu gehen. Da kann es durchaus sein, dass sie jemandem dabei zu nahe getreten ist.«

Bärbel nickte bedächtig. »Sie war dabei, etwas aufzudecken.«

»Ist der ehemalige Direktor vielleicht deswegen zurückgetreten?«

»Davon haben sie nicht gesprochen.«

»Was könnte denn so schlimm sein, dass man dafür morden würde?«

»Eifersucht.«

»Mutter.«

»Wieso nicht?«

»Ja, wieso nicht.«

KAPITEL 13

Nach meiner Mutter war auch der tanzende Mister Eifersüchtig gegangen. Die angekündigte Lieferung war nicht eingetroffen und eine andere Arbeit hatte ich derzeit nicht für Donnie. Der weitere Morgen verlief ruhig. Ich hatte die Statistiken für den Vortag nachgeführt und die Bestellungen abgeschickt. Kurz vor Mittag erschien dann doch noch der gelbe Lieferwagen der Post. Zu meiner großen Enttäuschung lieferte er jedoch nur ein kleines Paket. Aber dafür mit einem Lächeln. Für einen Moment war ich wieder wirklich dankbar, in einem ländlichen Ort zu wohnen. Menschen hier kannten einander, wussten, wer wer war.

Und wer wer nicht war.

Während ich das Paket öffnete und den Lieferschein mit den gelieferten Büchern abglich, musste ich an Deneke denken. Sie kam nicht aus der Region, hatte Donnie gesagt.

Wieso war sie nach Düdingen gekommen? Wegen der Arbeitsstelle? Aus Liebe? Sie hatte Hoffnungen gehabt. Und Ziele. So wie ich.

Natürlich war ihr Auftreten harsch und aggressiv gewesen, aber ich versuchte, das so weit wie möglich auszublenden. Denn das dabei entstehende Gefühl gab mir nicht die Möglichkeit, die Situation objektiv einzuschätzen. Erneut war ich erstaunt, wie schnell der Mensch doch urteilen konnte und es auch tat. Über Äußerlichkeiten. Über Verhaltensweisen. Falls Deneke wirklich unter häuslicher Gewalt gelitten hatte, war diese Aggressivität nichts anderes als ein Schutzpanzer, eine Art, sich zu verteidigen. Hatte sie sich geschämt?

Die Türglocke riss mich aus meinen Erwägungen.

»Na, das Lächeln sieht doch viel besser aus, als deine Stimme heute Morgen klang.«

»Hallo, Daniela, freu mich auch, dich zu sehen. Was gibt es Neues?«

Ich brannte auf neue Informationen, wollte es aber nicht allzu offensichtlich zeigen. Deshalb begann ich, den Büchern einen Preis zu verpassen.

»Der Fall ist komplizierter als gedacht. Ich habe ja mit dem Koch gesprochen.«

Ich tat desinteressiert. »Ah, ja?«

»Er war nicht sehr gesprächsfreudig. Weiß nicht, ob das mit seinen Sprachkenntnissen zusammenhängt, oder weil er Angst hat, zu viel zu sagen. Er wurde mir jedenfalls als sehr verschwiegener, aber loyaler Mitarbeiter vorgestellt.«

»Du hast auch mit der Personalverantwortlichen gesprochen?«

»Wie heißt sie doch noch ...?«

»Cordillot«, antwortete ich wie aus der Pistole geschossen und bereute es im selben Moment auch schon.

Daniela sah mich interessiert an. »Das ist ihr Name, ja.« Ich merkte, wie sie mit einem Mal nachdenklich wurde.

»Was hast du noch herausgefunden?«, lenkte ich ab.

»Wir versuchen aufzuzeigen, wer sich wo aufgehalten haben musste, als Deneke stürzte. Aber es ist, als suchten wir nach einer Nadel im Heuhaufen.«

Daniela setzte sich auf einen der Barhocker vor den Tresen, während ich die Bücher nun nach Genre sortierte.

»Du willst die Anzahl der Verdächtigen eingrenzen.«

Sie nickte mit dem Kopf. »Es waren zirka vierzig Personen im Saal. Plus all diejenigen, die im Hintergrund arbeiteten. Theoretisch kann jeder von ihnen der Täter sein.«

»Das ergibt viele Möglichkeiten.«

»Du sagst es.« Sie wirkte etwas demoralisiert.

»Denkst du an eine bestimmte Person?«

»Ich habe mir Fragen zu Denekes Beziehung gestellt.«

»Ich treffe mich heute Nachmittag mit Denekes letzter Freundin.«

»Und ich kann nicht dabei sein.«

»Wie gesagt. Ich hab einen Fall und du einen Buchladen.«

Ich verbiss mir eine Bemerkung, nahm statt dessen den ersten Stapel Bücher und begann sie im Laden zu verteilen.

»Sie wird ein Alibi haben.«

Daniela lachte auf. »Du bist unglaublich. Und warum?«

»Weil du bereits im *Sonnenblick* von ihr erfahren hättest, glaub mir.«

»Das hat etwas. Aber mit ihr reden muss ich trotzdem. Mit wem würdest du reden?«

»Mit wem ich reden werde, meinst du.«

Ich blickte sie herausfordernd an. Sie schmunzelte. Etwas enttäuscht platzierte ich einen Thriller auf dem Tisch. »Ich werde mich mit der Cordillot befassen. Sie war nicht im Saal, als es passierte. Donnie hat natürlich rein zufällig einer Diskussion zwischen ihr und einer anderen Frau gelauscht, die davon handelte, jemanden loszuwerden. Und das, nur wenige Tage vor dem Sturz.«

»Ich konnte noch nicht mit ihr reden. Sie hatte heute Morgen frei.«

Ich reihte das letzte Buch meines Stapels ein, pickte ein Buch heraus und stellte es an seinen Platz im Alphabet zurück.

»Ist dir vielleicht noch etwas aufgefallen? Irgendein Detail, das uns weiterbringen könnte?« Daniela sah mir zu. Sie wirkte müde.

»Ich bin schon den ganzen Tag am überlegen und mir ist nichts eingefallen. Außer ...«

»Außer was?«

»Aber das kann nicht sein.«

»Was meinst du?«

»Dieser Alfred wollte ja seinen Rollstuhl nicht neben dem Tisch haben. Er bat mich, ihn auf sein Zimmer zu bringen.«

»Na, und?«

»Er kannte mich überhaupt nicht. Im Saal befanden sich mehrere Pflegepersonen und

Menschen, die er kannte. Aber er schickte mich hoch.«

»Und du bist gegangen.«

»Ja. Aber was wäre, wenn ich zu einem bestimmten Zeitpunkt oben sein musste?«

KAPITEL 14

Es gab nur einen Weg, das herauszufinden. Und der brachte mich dazu, mitten am Nachmittag Mollys Lächeln gegenüberzutreten.

»Oh, hi!« Sie blickte verstohlen hinter mich, dann dem Flur zur Cafeteria entlang.

»Ich bin allein gekommen«, sagte ich und nahm meine Sonnenbrille ab.

Molly schien meine Andeutung nicht zu begreifen. Ich half ihr gern auf die Sprünge.

»Donnie. Er ist nicht da.« Sie errötete leicht und tat das mit einem Schulterzucken ab.

»Ich bin wegen Alfred da.«

Schon hatte ich ihre ganze Aufmerksamkeit. »Alfred?«

»Alfred.«

»Machst du etwa auch mit bei ...«

Niemals im Leben, dachte ich und lächelte ihr zu: »Ist er da?«

Sie sah mich irritiert an. »Sie sind immer da.«

Molly warf einen Blick auf die Uhr auf ihrem Schreibtisch. »Um die Zeit findest du ihn im Aufenthaltsraum.«

»Danke.« Ich spürte ihren Blick in meinem Rücken, als ich am Aufzug vorbeiging und die Treppe nahm.

Wie fühlte sich ein Promi in Cannes, wenn er aus der Limousine stieg? Etwa so wie ich beim Betreten des Aufenthaltsraums. Eine kleine Sekunde hielt ich auf der Schwelle inne, dann steuerte ich direkt auf Alfred zu, der in einem Sessel am Fenster saß. Sein Rollstuhl hatte jemand hinter ihm geparkt, sodass er ihn nicht sehen musste. Er blickte erst von seinem Buch auf, als ich schon fast unmittelbar vor ihm stand.

»Oh, hallo.« Er blickte mich wohlwollend an. Alle auf uns gerichteten Blicke schien er nicht wahrzunehmen. Er war es sehr wahrscheinlich gewohnt.

Ich war neu im Promistatus.

»Hallo.«

Er sah mich erwartungsvoll an, den Zeigefinger einer Hand als Buchzeichen im nunmehr geschlossenen Buch. Als ich mich nicht bewegte, räusperte er sich.

»Du bist wohl nicht wegen des schönen Wetters hier.«

»Ich habe Fragen.«

Er seufzte, nahm den Finger aus dem Buch und klappte es zu. »Ich habe dich erwartet.«

»Hast du?« Er legte das Buch zur Seite, strich sich mit beiden Händen übers Gesicht. »Setz dich doch.«

Ich tat wie geheißen.

»Es ist eine lange Geschichte.«

»Das trifft sich sehr gut. Ich liebe lange Geschichten.«

»Ich war's nicht.«

Ich war zu verdutzt, als dass ich hätte reagieren können. Alfreds Augen funkelten vor schelmischem Vergnügen. Für einen kurzen Augenblick sah ich den jungen Alfred vor mir. Ein Charmeur, ein Herzensbrecher. Er musste schon immer eine gewisse Anziehungskraft besessen haben. Und noch jetzt ging von ihm eine gewisse Kraft aus, die Sicherheit vermittelte.

Eine wirklich explosive Kombination.

»Im Leben gibt es drei Möglichkeiten, mit einer Situation umzugehen. Entweder man ändert sie, man akzeptiert sie, oder man verlässt sie.«

»Deneke hat uns verlassen.«

Er nickte bedächtig. »Sie war nicht böse. Sie war unerfahren.«

»In ihrem Beruf?«

»Man hat ihr eine Aufgabe gegeben, die viel zu groß war für sie.«

»Du willst sagen, man hat sie bewusst ausgewählt?«

Er lehnte sich in seinem Sessel zurück, schloss kurz seine Augen.

»Ich sage, sie war für den Verwaltungsrat eine ideale Wahl.«

»Warum?«

»Sie hatte Ehrgeiz. Sie war gut mit Zahlen. Und sie war unerfahren in der Führung eines solchen Heimes.«

»Wieso wäre das eine ideale Wahl?«

»Entweder sie war erfolgreich oder sie würde sich selbst den Weg verbauen.«

Ich blickte zum Fenster hinaus über die Felder zum kleinen Forst am Guggerhorn hinüber.

»Ein Bauernopfer?«

Er antwortete nicht. Ich hatte Mühe, mir das vorzustellen.

»Und warum ist Peissard gegangen?«

»Wenn man etwas lange Jahre aufbaut – und Dinge werden nun einmal teurer –, dann sollte man gehen, bevor das Schiff wieder sinkt.«

»Er wollte nicht mit ansehen, wie jemand anders seinen *Sonnenblick* neu organisiert?«

»Er musste begriffen haben, dass Deneke …« Er senkte die Stimme. »… dass sie nicht einfach nur fürs Finanzielle da war.«

»Das heißt, sie arbeitete bereits hier, bevor er seinen Rücktritt bekannt gegeben hat?«

»Sobald die Finanzen in Schieflage gerieten, war sie da.«

»Sie sollte herausfinden, warum?«

Er nickte.

»Was wiederum Peissard nicht passte.«

»Das Gute am Alter ist, nicht mehr alle Herausforderungen des Lebens annehmen zu müssen.«

»Hatte er denn Angst, dass sie etwas entdecken könnte?«

Alfred zuckte mit den Schultern. »Und wenn schon.«

»Darum ging er also so plötzlich. Und als sie dann den Posten der Direktorin übernommen hatte, kam sie waltenden Amtes plötzlich jemand anderem zu nahe.«

Die Geschichte ergab Sinn, half mir aber nicht wirklich weiter. »Nur wem?«

»Das ist die Frage.«

Er wusste mehr, als er mir sagen wollte. Ich tat so, als bemerkte ich es nicht.

»Eine Frage noch. Warum hast du mich mit dem Rollstuhl hochgeschickt?«

Er sah mich nachdenklich an.

»Weil du zur richtigen Zeit am richtigen Ort warst, Valerie.«

KAPITEL 15

»Darf ich Ihnen weiterhelfen?« Die Stimme klang nicht aggressiv, aber auch nicht freundlich. Es war die Stimme von jemandem, dessen Geduld das Tagessoll bereits erreicht hatte. Ich drehte mich lächelnd um.

»Oh, hallo.«

»Hallo.« Die Frau war Mitte fünfzig, hatte ihr schulterlanges Haar gefärbt und wirkte deshalb sehr blass. Ihr hageres Gesicht wurde durch wasserfarbene Augen dominiert. Sie trug einen schwarzen Rock, eine blaue Bluse und kniehohe Stiefel, die sie bestimmt hatten gut aussehen lassen. Zwanzig Jahre zuvor. Sie hatte gewiss einen Hund zu Hause. Menschen sehen ihren Tieren mit der Zeit immer ähnlicher. In ihrem Fall war es eindeutig ein Basset.

»Ich ...« Mist. Ich hatte doch nur noch einmal kurz die Orte sehen wollen, wo sich alles abgespielt hat.

»Wer sind Sie und was tun Sie hier oben?«

»Ich bin ...«

»Journalisten sind hier nicht erwünscht.«

»Ich bin keine Journalistin. Mein Name ist ...«

»Ich kenne Sie doch von irgendwoher.« Sie legte ihre Stirn in Falten. Definitiv ein Basset.

Ich biss mir auf die Lippen.

»Natürlich. Sie waren hier am Abend des Unfalls. Gehören Sie auch zu den Freiwilligen?«

Ich schluckte kurz. »Na ja ... ich wollte zu Alfred.«

»Alfred.« Ihr Gesicht hellte sich auf. »Ein wunderbarer Mann.«

Sie trat auf mich zu. »Ich bin Sabine Cordillot, die Verantwortliche für die Einsatzpläne, Koordination, Fakturierung ... also für eigentlich fast alles Administrative.«

»Valerie.«

»Freut mich, Valerie. Alfred wird Freude haben. Er hat selten Besuch hier.« Sie neigte den Kopf. »Leider.«

Ich nickte. »306, nicht wahr?«

Sie überlegte kurz, dann nickte sie. »Um diese Zeit werden Sie ihn jedoch eher im Aufenthaltsraum finden, als in seiner Wohnung.«

»Danke. Hat er denn so wenig Familie?«

»Seine Enkeltochter arbeitet hier. Sonst weiß ich von niemandem.«

»Seine Enkeltochter?«

»Sie wissen das nicht? Na ja, ist vielleicht nicht das Erste, was man austauscht. Alfred hatte eine schwierige Zeit, als seine Tochter verunglückte. Niemals sollte das Kind vor den Eltern gehen müssen.«

»Das ist traurig.«

»Es hat seine gute Seele nicht brechen können. Und er hat ja noch Molly.«

»Molly ist seine Enkelin?«

»Sie haben sie ja sicherlich schon gesehen.«

»Das hab ich, ja.«

Mit großer Wucht wurde die Tür zur Treppe aufgestoßen, was uns beide zusammenfahren ließ.

»Sabine, ich ...« Die Frau stoppte mitten in der Bewegung, als sie mich entdeckte.

»Hallo«, sagte ich.

»Das ist Valerie. Sie macht im Freiwilligen-programm mit und kümmert sich um Alfred.«

»Alfred?« Die Schwester zog eine Augenbraue hoch. Ich versuchte, nicht zu erröten.

»Sabine, wir haben wieder ein Problem.«

»Was ist denn?«

»Der Medikamentenraum ...«

»Nicht schon wieder.«

Die Schwester sah mich von der Seite an.

»Ich gehe dann mal besser«, entschuldigte ich mich.

»War nett, Sie kennenzulernen. Und tut mir leid, die Pflicht ruft.« Cordillot schenkte mir ein entschuldigendes Lächeln.

»Kein Problem. Bis dann.«

Bevor sich die Tür des Treppenhauses hinter mir schloss, hörte ich Cordillot sprechen.

»Was ist denn geschehen, Aida?«

Die Antwort der Schwester bekam ich leider nicht mehr mit.

Mist! Doppelmist! Hier wi häv de säläd.

Aber ich würde es schon noch herausfinden.

Einen kurzen Augenblick zögerte ich, dann nahm ich die wenigen Stufen zur Dachterrasse. Vorsichtig öffnete ich den Zugang und atmete auf. Nicht wegen der frischen Luft, aber weil niemand sich oben befand. Vorsichtig verkeilte ich die Tür, damit sie sich nicht wieder schließen konnte.

Ich brauchte ein wenig Zeit für mich. Über den Dächern des Dorfes war ein idealer Ort, um einen kurzen Moment innezuhalten. In der Ferne konnte ich die Silhouetten der Stadt Fribourg erahnen. Mein Blick glitt bis zu den

Alpen am Horizont. Ein Blick, der Deneke wegen der Abenddämmerung sicher verwehrt gewesen war.

Das ursprüngliche Bild, das ich von ihr gehabt hatte, war durch Alfreds Beschreibung völlig umgekrempelt worden. Ich wusste nicht, ob ich froh darüber war oder nicht. Es machte es mir jedenfalls nicht einfacher, ihren Mörder zu suchen. Die verschiedenen Gesichter hinter der aufgesetzten Fassade öffneten ungeahnte Möglichkeiten und ich fragte mich, was sie sonst noch alles vor den anderen versteckt hatte. Es war an der Zeit, den Menschen hinter dem Biest zu finden. Denn dort lagen mit Sicherheit auch die Antworten auf meine Fragen.

KAPITEL 16

»Hast du gewusst, dass Molly Alfreds Enkelin ist?« Ich warf meine Handtasche auf den Tresen der kundenleeren Buchhandlung. Sie blieb leider nicht oben liegen, sondern glitt mit Schwung darüber hinweg. Donnie brachte sich mit einem Satz in Sicherheit. Mit hochgezogenen Augenbrauen hob er sie auf, während ich ihm von meinen Begegnungen erzählte.

»Du hast was?«, fragte er belustigt.

»Donnie!« Ich stellte mich breitbeinig vor ihm auf, die Hände in die Seiten gestemmt. Das schien ihn nicht weiter zu beeindrucken.

»Valerie!«, imitierte er mich. Also, er versuchte es zumindest. Würde ich wirklich so klingen, hätte ich nie mehr einen Lesebegeisterten im Buchladen. Oder sie würden Eintritt zahlen, um mich zu sehen. Wäre vielleicht trotzdem eine Überlegung wert.

»Dann bist du jetzt auch im Programm dabei?«

»Nun ja, es ist nicht so, als wüsste Alfred davon«, gab ich kleinlaut zu.

»Keine Sorge, in der Zwischenzeit hat er es sicherlich schon erfahren.«

Ich seufzte. Mist! Doppelmist! Irgendwie fühlte ich mich schuldig.

»Weißt du etwas von der Medikamentensache?«

»Den Medikamenten?«

Ich erörterte, was ich hören durfte.

»Aida ist eine gute Seele. Du darfst dich von ihrer harschen Art nicht aus der Ruhe bringen lassen. Sie hat ein goldenes Herz.«

»Sagt wer?«

»Fritz zum Beispiel.«

»Aha.«

»Was willst du mir nun schon wieder sagen?«

»Aha, eben. Hast du nun etwas gehört oder nicht?«

Donnie überlegte. »Ich könnte Fritz fragen.«

»Das ist eine gute Idee.«

»Warum meinst du, dass das wichtig ist?«

»Ich weiß nicht ... ich hatte da so eine Idee, als ich vorhin auf dem Dach stand. Was wäre, wenn es nicht nur jemanden gab, der es auf sie abgesehen hatte, aber mehrere?«

»Was hat das mit den Medikamenten zu tun?«

»Vielleicht war die Art, wie sie verunfallte, gar nicht die gewollte?«

Donnie ließ dem Gedanken Raum. »Du meinst, mehrere Personen wollten sie gleichzeitig zum Schweigen bringen? So wie bei Agatha Christie?«

»Nur ohne voneinander zu wissen, ja.«

»Das macht das Ganze aber nicht einfacher.«

»Wir müssen eine Liste mit potenziellen Tätern erstellen.« Entschlossen umrundete ich den Tresen, öffnete den Drucker und nahm ein Stück Papier zur Hand.

»Also ... wen haben wir? Andrej, der Koch. Was könnte sein Motiv sein?«

»Geld?«

»Wieso Geld?«

»Nun, Deneke ging harsch mit Mitarbeitern um, die sich nicht an die Regeln hielten. Sie drohte Molly zum Beispiel mit Kündigung, nur weil sie während der Arbeitszeit eine Zigarette geraucht hat. Andrej raucht auch. Vielleicht fürchtete er, seinen Arbeitsplatz zu verlieren.«

»Würde man dafür töten? Ich weiß nicht.« Mein Blick verlor sich auf der Straße draußen.

Der Ideenspagat zwischen Arbeitslosigkeit und Mord schien unüberbrückbar. Aber wer konnte schon wissen, was sonst noch alles dahinter stecken konnte. Da war vielleicht eine Familie, Kinder, pflegebedürftige Eltern ...

»Ich würde Cordillot auf die Liste setzen. Sie hatte die Möglichkeit und die Gelegenheit, auch wenn ich mir bei ihr nicht wirklich ein Motiv vorstellen kann. Und wenn ich dem abgehörten Gespräch Glauben schenken darf, war da jemand zu viel.«

Ich notierte ihren Namen.

»Denekes Ex?«, schlug ich vor.

Donnie nickte. »Wir müssen auf alle Fälle mit ihr reden. Als potenzielle Täterin jedoch können wir sie ausschließen. Ich hab Molly gefragt. Sie konnte sich nicht daran erinnern, am Abend jemand Unbekannten gesehen zu haben.«

»Kennt sie denn Denekes Ex?«

»Das weiß ich nicht.«

»Aida?«, wägte ich ab.

Donnie zögerte. »Ich weiß nicht, wem die andere Stimme im Flur gehörte. Es könnte natürlich durchaus sein, dass sie es war.«

»Trotz goldenem Herz?«

»Trotz goldenem Herz.«

»Und wenn sie es im Flur nicht war?«

»Dann könnte Deneke die zweite Person gewesen sein.«

»Und in dem Fall müssen wir herausfinden, von wem sie sprachen.«

Ich notierte ein X auf dem Blatt. »Wer war sonst noch dort?«

»Peissard.«

»Wieso sollte er Deneke ermorden wollen?«

»Angst, das Gesicht zu verlieren? Wut auf Deneke, weil sie dabei war, sein Lebenswerk zu zerstören?«

»Beides klingt wie aus einem Krimi im Fernsehen.«

»Und natürlich wird der Täter zum Schluss überführt. Wie im richtigen Leben eben.«

»Was ist mit Fritz und Harry?«

»Was soll mit ihnen sein?«

»Nun, sie waren oben, als ich mit dem Fahrstuhl hochkam. Und wenn ich sie beim Umsetzen ihres Planes gestört habe?«

»Sie waren beide unten, als es geschah.«

»Heißt noch lange nicht, dass sie nichts wissen. Sie haben ganz genau zugehört, als Deneke mich ansprach.«

»Aber jetzt mal unter uns. Kannst du dir vorstellen, wie Fritz oder Harry oder von mir aus auch beide zusammen die um fünfundvierzig Jahre jüngere Deneke vom Dach stürzen?«

Ich musste Donnie hier recht geben. Es klang irgendwie unglaubwürdig. »Wieso war Deneke überhaupt oben?«

»Vielleicht wollte sie jemanden ungestört treffen.«

»Eine Art Verabredung mit dem Tod?«

KAPITEL 17

»Du hast ausgesagt, dass du einen Rollstuhl hochgebracht hast.«

»Das stimmt. Alfred hat mich darum gebeten. Warum?«

»Hatte der Fußstützen?«

»Fußstützen?« Ich überlegte kurz. »Ich kann mich nicht erinnern. Warum?«

»Du hast mir auch gesagt, dass du nach eurem kurzen Gespräch vor Deneke geflohen bist.«

Danielas Stimme klang besorgt, was mich beunruhigte.

»Das ist so. Ich kann dir aber nicht folgen, wenn du mir nicht sagst, wovon wir genau sprechen.«

»Die Obduktion hat weitere Informationen zutage gefördert.«

»Ihr habt eine Obduktion gemacht?«

Daniela schwieg am anderen Ende der Leitung.

»Wieso?«

»Die Nothelfer haben bei der Erstuntersuchung vor Ort ungewöhnliche Reaktionen bei Deneke feststellen müssen. Eine Autopsie schien angebracht.«

»Und?«

Daniela seufzte. Sie wusste, dass ich nicht kooperieren würde, solange sie mir nicht alles sagte.

»Aber das bleibt unter uns, ja?«

»Du kannst auf mich zählen.«

»Genau dieser Satz macht mir Angst.«

»Angst beginnt im Kopf. Mut auch.«

»Valerie Coaching, guten Tag. Wie kann ich helfen?«

»Der Ansatz klingt gut. Am Werbeslogan müsste man noch arbeiten. Aber was hat es denn nun mit dem Rollstuhl auf sich?«

»Es gab äußere Verletzungen, die überhaupt nicht zum Sturz passen. Deneke trug an beiden Waden Zeichen von stumpfer Gewalteinwirkung.«

»Wie von Fußstützen?«

»Vielleicht.«

In meinem Kopf fing es an, fieberhaft zu arbeiten. »Das ändert aber alles.«

»Tut es das?«

»Überleg doch mal. Ein Rollstuhl auf dem Dach? Wie viel wog Deneke?«

»Du willst ihr Gewicht wissen?« Ich hörte, wie Daniela in Papieren herumsuchte.

»Hier. Zweiundachtzig Kilogramm.«

»Wenn wir davon ausgehen, dass der Mörder Deneke im Rollstuhl hochbrachte – was erklären würde, wieso sie keine Gegenwehr leistete –, müsste er sie mit dem Rollstuhl über den Kies geschoben haben. Um sie bewusstlos quer über das Dach zu tragen, war sie zu schwer. Selbst für einen Mann. Zudem war das Risiko, mit ihr gesehen zu werden, einfach zu groß.«

»Wir haben keine Spuren eines Rollstuhls auf dem Dach gefunden.«

»Werdet ihr auch nicht. Deneke wurde nicht vom Dach gestürzt, sondern aus dem dritten Stock. Jemand hat sie aus dem Fenster gestoßen.« Daniela schwieg kurz. »Die Untersuchungen haben den Verdacht der Sanitäter jedenfalls bestätigt. Zum Zeitpunkt des Sturzes war Deneke mit größter Wahrscheinlichkeit nicht bei Bewusstsein gewesen. Sie fanden Spuren von Betäubungsmitteln im Blut.«

»Gibt es Zeichen von äußerer Gewalteinwirkung, die auf einen Kampf hindeuten könnten?«

»Nein.«

»Keine Gegenwehr?«

»Es scheint nicht so.«

»Wie konnte man ihr ein Medikament ohne Gegenwehr verabreichen? Sie hat es bestimmt nicht freiwillig zu sich genommen. Eine Spritze vielleicht?«

»Was mich mehr beschäftigt, ist der Zeitfaktor. Zwischen dem Moment, wo du sie gesehen hast und dem Sturz vergingen kaum zwanzig Minuten.«

Ich konnte förmlich sehen, wie Daniela sich beim Überlegen auf ihre Unterlippe biss.

»Da ist noch etwas anderes.« Ich erzählte ihr vom Gesprächsfetzen, den ich zwischen Cordillot und Aida mithören durfte.

»Ich muss dem auf den Grund gehen.«

»Das machen wir für dich.«

»Wir?«

»Valerie Coaching und Donnie Investigation AG.«

»Valerie, da läuft ein Mörder frei rum. Wenn er Wind bekommt, dass ihr ...«

»Wir sind diskret.«

»Genau das macht mir ...« Sie wagte es nicht, das Wort ›Angst‹ erneut auszusprechen.

»Wir halten dich auf dem Laufenden. Zudem ist Donnie bereits auf der Spur.«

»Wie könnte es auch anders sein. Valerie, das ist kein Cozy-Krimi aus dem Fernsehen.«

»Fühlt sich aber fast so an.«

Daniela seufzte. »Und du hast den Rollstuhl wirklich nur ins Zimmer geschoben und bist dann über die Treppe zurück in den ersten Stock?«

»Zweifelst du etwa an meiner Aussage? Wieso sollte ich Deneke umbringen wollen?«

Die Tür zum Buchladen bimmelte.

»Und du hast das Zimmer auch sicher wieder abgeschlossen?«

Ihre Unsicherheit übertrug sich auf mich. Für einen kurzen Augenblick war ich mir nicht mehr sicher. Ich schob den Gedanken beiseite.

»Ganz sicher.«

Ich wagte einen kurzen Blick aus dem Abstellraum zum Tresen nach vorn. »Zudem ist Alfreds Rollstuhl mit Sicherheit nicht der Einzige im *Sonnenblick* , der Fußstützen hat.«

Das beruhigte Daniela nicht wirklich.

»Du, ich muss Schluss machen. Ich habe eine Kundin.«

Ich legte das Telefon auf den kleinen Tisch, der uns als Büro, Ablagefläche und Essecke diente, atmete kurz tief durch und verließ den kleinen Raum mit aufgesetztem Lächeln.

»Guten Morgen, wie kann ich Ihnen helfen?«

Die Besucherin drehte sich zu mir um, und das Erste, was ich sah, war der durchdringende Blick ihrer mandelförmigen dunklen Augen. Hohe Wangenknochen und ein markantes Kinn gaben ihrem Gesicht eine Härte, die nicht zum Rest ihres Körpers passen wollte. Sie trug Jeans, dazu eine weiße, durchsichtige Bluse und darüber eine Jeansjacke in der gleichen Farbe. Ihre Haare verliehen ihr das Aussehen eines französischen Kinostars der späten Siebziger. Sie war hübsch, auf eine eigenartig wilde Art. Mein Herz begann schneller zu schlagen.

»Valerie?« Ihre Stimme klang dunkel.

»Ja?«

Sie sah kurz nach draußen.

»Ich bin Charlotte.«

Ihre Stimme würde sich vorzüglich dazu eignen, Hörbücher aufzunehmen. Ich konnte meine Augen nicht mehr von ihr lassen. Diese Mischung aus Femme fatale und äußerster Verletzlichkeit faszinierte mich. Sie schwieg einen Augenblick.

»Ich bin gekommen, weil du mit mir reden willst. Kristanna hätte es so gewollt.«

KAPITEL 18

»Welche Schlange hat keine Zähne?« Fritz blickte Donnie vergnügt an. »Die vor der Essensausgabe im Speisesaal.« Der alte Mann lachte fröhlich. »Der ist gut, nicht?«

Donnie konnte sich ein Grinsen nicht verkneifen.

»Du wirkst so ernst, junger Mann. Was beschäftigt dich?« Fritz nahm seine Tasse Tee an sich. Donnie spürte seinen aufmerksamen Blick auf sich ruhen.

»Aber das bleibt unter uns, ja?« Donnie blickte sich kurz im Aufenthaltsraum um. Die anderen dösten oder lasen. Niemand schien Notiz von ihnen zu nehmen. Trotzdem war seine Stimme kaum mehr als ein Flüstern, als er weitersprach. »Ich habe gehört, dass es da Probleme mit den Medikamenten gibt.«

»Und weiter?«

»Ich hatte gehofft, du könntest mir etwas darüber sagen.«

Fritz kniff seine Augen kurz zusammen und stellte die Tasse wieder auf den Unterteller.

»Alles gut bei euch?« Aida machte ihre Runde.

»Alles in Ordnung hier, meine Liebe. Sag mal, was hat es mit den Medikamenten auf sich?«

Donnie senkte den Blick. Seine Schuhe könnte er auch wieder einmal säubern. Die Farbe wirkte im Vergleich zum Boden etwas abgetragen.

Aida runzelte die Stirn. »Was meinst du, Fritz?«

»Nun, es wird gemunkelt, dass es wieder Probleme im Medizimmer gab.«

»Wer sagt das?« Sie stemmte ihre Hände in die Hüften.

»Nun, viele. Du weißt ja, wie das ist.«

»Du brauchst dir keine Sorgen darüber zu machen. Wir haben alles im Griff.«

»Dann ist da also wirklich etwas dran.« Fritz lehnte sich gelassen in seinem Stuhl zurück. »Fragt sich nur, wer denn nun diese Medikamente klaut.«

»Wer hat denn etwas von Diebstahl gesagt?«

»Es wird ...«

»... gemunkelt, ich habe schon verstanden.«

Aida versuchte, einen gelassenen Gesichtsausdruck aufzusetzen. Es kam so rüber, als hätte sie seit Tagen einen trägen Darm.

»Donnie hier würde gern einmal wissen, wie das so abläuft.«

Donnie machte Fritz große Augen. Der grinste über beide Ohren. »Und er ist zu schüchtern, um zu fragen.«

»Ist das so?« Aida sah ihn belustigt an.

»Äh ... ja. Vielleicht. Also ...« Er kratzte sich hinter dem Kopf.

Sie blickte auf die Schwesternuhr an ihrer Bluse. »Ich kann mir fünf Minuten nehmen, wenn du willst.«

Donnie bedachte Fritz mit einem warnenden Blick. Der ältere Mann schien zufrieden mit sich.

»Das ist doch ein Angebot, Donnie!" Er zwinkerte ihm zu.

Und so folgte Donnie Aida aus dem Saal, blickte aber noch einmal über die Schulter. Fritz schenkte ihm einen Daumen hoch.

Der Raum, in dem sich die Medikamente befanden, lag gleich neben den Büroräumen, die Deneke benutzt hatte. Ihr Name stand noch an der Tür. Aida öffnete mit ihrem Badge und begann ihm zu erklären, wie dem *Sonnenblick* die Medikamente geliefert wurden, und wie wichtig es war, diese noch einmal zu überprüfen. Jeder Bewohner besaß seine eigene Schublade mit der eigens für ihn zusammengestellten Medikamentenbox. Die Arzneimittel mussten zu der vom Arzt verordneten Zeit bereitstehen. Es gab aber auch Medikamente, die man als Reserve für alle Bewohner da hatte. Für Notfälle zum Beispiel.

»Ruft ihr in Notfällen nicht die Ambulanz?«

»Natürlich. Im Normalfall schon. Wir haben derzeit aber Bewohner, die durchaus gewalttätig werden könnten. Deshalb stehen hier auch Medikamente aus der psychiatrischen Medizin oder solche, die unter das Betäubungsmittelgesetz fallen. Die befinden sich aber unter Verschluss.«

Donnie nickte.

»Wer hat denn alles Zugang zu diesem Raum?«

Aida sah ihn nachdenklich an. »Nun ja, ich als Verantwortliche für die Pflegedienste. Dann die Fachkräfte, die die Medikamente vorbereiten und kontrollieren. Und natürlich diejenigen, die die Tagesverantwortung haben. Wieso fragst du?«

»Nur so.«

»Nur so?« Wie sie ihn ansah! Donnie fühlte sich, als wäre er bei etwas nicht Erlaubtem erwischt worden.

»Also gut. Ich habe mit Valerie gesprochen. Sie hat gehört, dass ...«

»Daher also dein Interesse.«

Donnie nickte. Er fühlte sich betroffen.

»Und wieso sollte ich dir etwas darüber sagen?«

»Ich weiß nicht.«

»Was möchtest du denn wissen?«

»Was hat es denn mit der Sache um die Medikamente auf sich?«

»Wir sind viele, die hier arbeiten. Ich kämpfe darum, dass alle gleich arbeiten. Gerade mit Medikamenten. Diese sind, bis auf einige wenige, abgezählt. Unsere Bewohner brauchen die in ganz bestimmten Dosierungen. Da gibt es keinen Raum für Improvisation oder Unordnung.«

»Und nicht alle haben den gleichen Ordnungssinn.«

»Wir sind alle nur Menschen.«

»Kommt es denn öfters vor, dass aufgeräumt werden muss?«

»Leider ja. Das Problem ist, dass man jedes Mal nachkontrollieren muss, ob auch alles noch da ist.«

»Sind denn auch schon Medikamente verschwunden?«

»Das hat aber jetzt nichts mehr mit der Handhabung der Arzneimittel zu tun, oder?«

»Bin eben neugierig.«

»Nun, darüber möchte ich mich lieber nicht äußern.«

KAPITEL 19

»Ich weiß, wie das aussehen muss.« Diese Stimme. Sie läse das Telefonbuch vor und ich würde zuhören.

»Wie sieht es denn aus?«

»Ich komme nicht, um mich in ein besseres Licht zu rücken.«

»Ich urteile nicht.«

Charlotte lächelte matt.

»Jeder macht sich ein Bild. Bewusst oder unbewusst.«

»Woher wusstest du, dass ich mit dir sprechen wollte?«

»Wir leben in einem Dorf von über achttausend Seelen. Da wird geredet. Auch in Bäckereien.«

»Ich erinnere mich nicht ... oh!«

Ich würde dort mal nachfragen, hatte die Verkäuferin mir in der Bäckerei gesagt.

»Ihre Tochter wohnt nicht weit von dir, nicht wahr?«

Charlotte nickte und setzte sich auf einen der Barstühle.

»Möchtest du etwas trinken? Einen Kaffee vielleicht?«

Ich sah die Dankbarkeit in ihren Augen.

»Etwas Wasser gern.«

Ich holte ein Glas und füllte es.

»Von uns beiden war ich die Wildere, Kristanna die Angepasstere.« Ich stellte das Glas vor sie hin. »Danke.«

Sie fuhr sich mit beiden Händen übers Gesicht, als machten sie ihre Erinnerungen müde.

»Aber wenn es zum Streit kam ...« Sie beendete den Satz nicht. »Menschen sehen nur, was sie sehen wollen.«

»So war es aber nicht?«

»Nein.« Charlotte schüttelte entschieden den Kopf. »Kristanna hatte ein großes Problem. Sie trank.«

»Kam es deshalb zu Streitereien?«

»Es brauchte sehr viel Kraft. Und ich denke, ich habe irgendwo diesen Hang, alle retten zu wollen.«

Das konnte ich gut nachvollziehen.

»Hast du deshalb die Beziehung beendet?«

»Ich habe sie nicht beendet. Kristanna ist ausgezogen.«

»Aus welchem Grund?«

»Ich habe sie vor ein Ultimatum gestellt.«

»Wegen des Alkohols?«

»Nicht nur.«

»Nicht nur?«

»Kristanna hatte einen feurigen Charakter. Sie war ein Adrenalinjunkie. Sie war abhängig davon. Um sich zu beruhigen, griff sie dann auf ... auf andere Mittel zurück. Um zu schlafen. Um aufzuwachen.«

»Aber warum diese Abhängigkeiten?«

»Ich habe es nie wirklich herausgefunden. Eine bewegte Kindheit klingt heutzutage wie eine Entschuldigung, nicht wie eine Ursache.«

»Und doch hast du sie geliebt.«

»Ich habe nie aufgehört sie zu lieben. Mein Fehler war, mich in der Beziehung selbst zu verlieren.«

»Sag mir, wenn ich dir zu nahe trete, aber Kristanna war mehrmals im Spital.«

Charlotte lachte auf, zog eine Packung Zigaretten aus der Tasche, nahm eine heraus. Erst dann besann sie sich eines Besseren und legte alles auf den Tresen.

»Ja, die nächtlichen Besuche in der Not-aufnahme. Ich weiß, wie das jetzt klingen wird. Aber ich habe sie nie geschlagen.«

»Wie kam es dann zu den Verletzungen?«

»Es ist schrecklich, so über eine Verstorbene zu reden, aber manchmal schaffte ich es nicht, sie vor sich selbst zu schützen.«

Ihre Worte jagten mir einen Schauer über den Rücken. Einen kurzen Augenblick versuchte ich, diese neue Information in das Gesamtbild einzufügen. Deneke hatte sich selbst verletzt?

»Sie tat sich immer schon schwer mit der Tatsache, dass sie eben anders war. Ihre Mutter wurde Witwe, da war sie sechs. Sie hat nie wieder geheiratet, sich aber die existenzielle Sicherheit bei häufig wechselnden und meistens sehr wohlhabenden Männern geholt.«

Charlotte schwieg.

»Wusste sie von Anfang an, dass sie ... nun ... anders war?«

Sie blickte mich an, als hätte ich gefragt, wieso Rosen Stacheln haben.

»Mit deiner Vermutung liegst du richtig. Sie entdeckte das Interesse für das eigene Geschlecht erst in der Pubertät. Irgendwie hatte sie sich nie so akzeptieren können.«

»Deshalb diese Mauer aus Hartherzigkeit und Disziplin?«

Charlotte erwiderte nichts.

»Hatte sie Feinde?«

»Da fallen mir viele ein. Mit ihrer Art war sie nie lange an einem Ort tätig. Es war nur eine Frage der Zeit.«

»Gut. Ich stelle die Frage anders herum. Was könnte ein Motiv gewesen sein, sie umzubringen?«

»Ich habe Kristanna bewundert. Sie war überaus intelligent. Die Unsicherheit in ihrem Gefühlsleben kompensierte sie mit Wissen. Immer wenn sie etwas Neues in Angriff nahm, lernte sie so viel wie möglich. Nicht nur inhaltlich und funktional. Für sie war wichtig, auch die Menschen zu kennen, mit denen sie arbeitete.«

Sie nahm die Zigarette an sich und drehte sie zwischen ihren Fingern.

»Es war vielleicht ein Fehler, zu kommen.«

Sie stand auf. »Sie wusste, wie sie sich schützen musste. Immer einen Schritt vor den anderen sein. Immer etwas mehr wissen, als alle anderen. Wissen ist Macht.«

Sie sah mich direkt an, ließ dann ihre Augen durch den Raum schweifen.

»Wenn jemand sie töten konnte, dann würde ich dort suchen, wo ...«, sie zögerte. »Das ist wie mit dem Meer, weißt du. Die großen und gefährlichen Wellen sieht man von weit. Man kann sich vorsehen. Kristanna hatte ein Talent dafür, Gefahren vorauszusehen. Wenn sie etwas überraschte, waren es nicht die großen Wellen, sondern die unscheinbaren, kleinen, die sich leise plätschernd um deine Beine winden und dich dann mit ungeahnter Kraft mitziehen.«

KAPITEL 20

»Ja, sie hat ›unscheinbar‹ gesagt.«

Ich versuchte, an mein Rotweinglas heranzukommen, ohne den schnurrenden Hemingway auf meinem Schoss zu stören. Draußen dunkelte es allmählich. Nachdem Charlotte gegangen war, verbrachte ich einen beratungsintensiven Nachmittag in der Buchhandlung. Binnen weniger Stunden hatte ich so viele Bücher verkauft wie schon lange nicht mehr. Zum Nachdenken kam ich erst wieder auf dem Heimweg. Und da ich dabei nicht allein sein wollte, textete ich Donnie. Er brachte die Pizzas, ich öffnete eine Flasche und gab uns einen musikalischen Hintergrund, vor dem wir es uns gemütlich machen konnten.

»Eine eigenartige Art, darüber zu sprechen.«

»Immerhin haben wir neue Informationen. Deneke war abhängig. Was wäre nun, wenn sie sich im *Sonnenblick* bediente und das jemand herausgefunden hat?«

»Das wäre kein Motiv.«

»Vielleicht versuchte jemand, Deneke zu erpressen?«

»So wie Charlotte Deneke beschrieb, ist das eher unglaubwürdig. Deneke versuchte immer einen Schritt voraus zu sein, wollen wir Charlottes Worten Glauben schenken. Angenommen der Mörder gab ihr zu verstehen, dass er ihren Medikamentenmissbrauch entdeckt hatte. Im Gegenzug gab Deneke ihm Hinweise, dass sie über eines seiner Geheimnisse Bescheid wusste.«

»Was den Mörder zum Handeln zwang.«

»Genau.«

»Wer sind denn die kleinen Wellen auf unserer Liste?«

»Andrej, Aida, Cordillot sind für mich immer noch Hauptverdächtige. Peissard ...«

»Kleine Wellen?«

Wir fuhren beide zusammen. Hemingway war mit einem Satz auf und davon und ich konnte von Glück reden, dass ich das Glas Rotwein vor Schreck nicht verschüttete. Daniela grinste. Sie stand keine zwei Meter von uns entfernt.

»Schon mal was von Klingeln gehört?«

Sie blickte über die Schulter zurück zum Eingangsbereich. »Die Tür war offen. Valerie ...«

»Wer sollte schon hier hereinkommen?«

Daniela schüttelte den Kopf über so viel Leichtsinnigkeit. »Wenn du wüsstest, was alles gemacht wird heutzutage ...«

»Auch ein Glas Wein?«

Donnie sah sie hoffnungsvoll an.

»Eigentlich wollte ich ... aber wieso nicht.« Sie entledigte sich ihrer Jacke und ließ sich dann mit einem Seufzer aufs Sofa fallen.

Donnie verschwand in Richtung Küche.

»Harter Tag?«, wollte ich wissen.

»Schwierig trifft es eher.«

Donnie kam mit einem Glas zurück, schenkte ihr ein.

»Tschiiirs.«

»Danke.« Sie nahm einen kräftigen Schluck. »Französisch?«

»Knapp daneben, Argentinien.«

»Geht auch.«

»Aber du bist sicher nicht wegen des Weines hier, oder?«

Sie sah mich an. »Nein, bin ich nicht. Wir hatten heute ein interessantes Gespräch im Fall Deneke.«

»Schieß los!«

»Wusstest ihr, dass Rostow, der Koch, größere Probleme auf sich zukommen sah?«

»Was für Probleme?«

»Nun, seine Aufenthaltsbewilligung ist mit seiner Arbeitsstelle verknüpft.«

»Heißt das, er würde ...«

»Genau. Sollte er seine Arbeit im *Sonnenblick* verlieren, verlöre er gleichzeitig das Recht, sich in der Schweiz aufzuhalten.«

Donnie pfiff durch die Zähne. »Und wir suchten nach einem Motiv.«

»Das passt aber nicht.«, mischte ich mich ein. »Ein Motiv könnte er gehabt haben, falls Deneke ihm mit der Kündigung drohte. Aber hatte er auch die Kenntnisse? Ich kann mir vorstellen, dass es nicht einfach ist, eine Beruhigungsspritze zu setzen. Wieso hat er sie nicht einfach niedergeschlagen? Das würde mehr zu ihm passen.«

»Der Umstand macht ihn nicht zum Täter. Wir werden ihn aber morgen genauer unter die Lupe nehmen. Und was habt ihr herausgefunden?«

Ich erzählte ihr von meiner Begegnung mit Charlotte.

»Deshalb also die kleinen Wellen.«

»Wir waren gerade dabei, die Liste unserer Verdächtigen neu zu ordnen.«

Hemingway kam zurück, machte es sich aber auf der Lehne hinter meinem Kopf bequem. Sein Schnurren entspannte mich.

»Den Einzigen, den wir ausschließen können, ist Alfred.«

»Alfred?« Daniela sah mich irritiert an.

»Na ja, er saß die ganze Zeit auf seinem Stuhl. Aber vielleicht ist er gerade deswegen ein weiteres Gesprächs wert.«

»Ich muss herausfinden, wer die zweite Person war, die mit Cordillot im Flur war. Sprachen sie von Deneke oder sprach Deneke über jemand anderes.« Donnie leerte sein Glas. Daniela tat es ihm nach. »Und ich will jetzt einfach nur noch ins Bett.«

KAPITEL 21

»Das ist eine unübliche Frage und ich weiß nicht, wieso ich dir das erzählen sollte.« Cordillot sah Donnie befremdlich an. »Man horcht nicht an Türen.«

»Um genauer zu sein, standet ihr im Flur.«

»Die Toiletten fürs Personal sind nicht für Besucher bestimmt, Donnie.«

»Ich weiß. Kommt auch nicht wieder vor.« Donnie setzte sein bestes irisches Lächeln auf. Cordillot Gesichtszüge entspannten sich ein wenig.

»Was ich mit der Direktorin besprochen habe, darf ich dir nicht sagen.«

»Ihr habt es im Flur besprochen. Ich war vielleicht nicht der Einzige, der zufällig mitgehört hat.«

»Aber vielleicht der Einzige, der dafür stehen geblieben ist.«

»Um wen ging es da?«

»Wieso ist das so wichtig?«

»Weil es bereits eine Tote gegeben hat. Wie gesagt, vielleicht war ich nicht der Einzige, der zugehört hatte. Die Dinge haben sich ja wohl jetzt sowieso geändert, oder nicht?«

Cordillot überzeugten Donnies Worte nicht wirklich.

»Sie wollen doch auch, dass Kristanna Denekes Tod aufgeklärt wird, oder nicht?«

»Du bist gut im Argumentieren.«

»Es ist immer gefährlich zuzuhören. Man könnte ja überzeugt werden.«

»Im Grunde genommen hast du ja recht. Nur darf ich dir nicht sagen, über wen Kristanna und ich gesprochen haben. Würde mir die Polizei dieselbe Frage stellen, wäre das etwas anderes, verstehst du?«

Donnie verstand. Sie hatte ihm, und ohne es zu wissen, die Antwort auf seine Frage ja bereits gegeben. Er bedankte sich. Als Nächstes musste er mit Valerie reden.

»Das war aber jetzt ein kurzer Besuch!« Molly stand hinter ihrem Empfangstresen, als er das Gebäude verlassen wollte.

»Bin noch nicht weg, muss telefonieren.«

»Warte, komme mit.«

Sie nahm das kabellose Telefon von der Station und holte aus einer der Schubladen ein Päckchen Zigaretten. Donnie kam nicht umhin zu bemerken, wie blass und nervös sie seit dem Unfall wirkte. Sie verließen das Gebäude gemeinsam und während er sein Mobiltelefon hervorholte, zündete sie sich mit zitternder Hand eine Zigarette an.

»Hi, Valerie. Alles gut?«

Donnie hörte kurz zu.

»Es war Deneke, die mit Cordillot gesprochen hat, ja.«

Donnie lächelte Molly kurz zu. Sie schien in ihre Gedanken vertieft zu sein.

»Ja, denke ich auch.«

Er schwieg erneut. »Nein, sie wollte mir nicht sagen, über wen sie gesprochen hatten. Aber ich habe da so eine Idee. Von wegen Medikamente und so.«

Donnie machte eine Pause.

»Das denke ich eben auch. Vielleicht hat mein Gespräch heute etwas ins Rollen gebracht, wer weiß. Ich komme nachher in den Buchladen, kein Problem.«

Er sah auf das Display, hielt das Telefon wieder ans Ohr. »So in einer halben Stunde, geht das?«

Einen Augenblick sagte er nichts. »Bis dann.«

»Probleme?«, fragte Molly.

Er lächelte entschuldigend. »Nein, eigentlich nicht.«

»Ihr steht euch nah, Valerie und du, nicht wahr?«

Donnie zögerte. »Ich mag sie.«

»Das spürt man.« Schwang da ein Hauch von Enttäuschung in ihrer Stimme mit?

»Was meinst du damit?«

»Ach, nichts. Wovon sprachst du eben?«

Donnie erzählte ihr von der Begegnung mit Cordillot.

»Die Deneke mochte niemand hier. Und Cordillot würde ihre Freundin schützen.«

»Ihre Freundin?«

Molly sah ihn erstaunt an. »Na, Aida natürlich. Die sind wie Pech und Schwefel.«

»Was würde passieren, wenn Kristanna Cordillot den Auftrag gab, Aida die Kündigung auszusprechen?«

Molly ließ ihre Zigarette zu Boden fallen und trat sie aus. Dann bückte sie sich und hob den Stummel wieder auf.

»Das ist eine interessante Frage. Wie gesagt, niemand mochte Kristanna hier.«

KAPITEL 22

Als sich die automatischen Türen des *Sonnenblick* vor mir öffneten, war es schon später Nachmittag. Hinter dem Empfang stand ein älterer Herr mit liebevollen Gesichtszügen hinter der sitzenden Molly. Er trug einen braunen Sakko über einem blau karierten Hemd. Seine weißen Haare bildeten einen Kranz um seinen Kopf.

»Hallo, Valerie! Wie geht es dir?« Molly schien fröhlich. Das passte irgendwie nicht zu ihrem abgespannten Gesicht. Und doch spürte ich die Freude, die in ihren Worten mitschwang.

»Hallo, Molly. Ganz gut. Und dir?«

»Oh ... Valerie, ich muss dir unbedingt jemanden vorstellen. Das ist Herr Peissard. Jörg, das ist Valerie Birbaum von der Buchhandlung in Düdingen.«

»Freut mich, Valerie.« Er gab mir die Hand. »Wusste gar nicht, dass es eine Buchhandlung in Düdingen gibt.«

»Nun, sie ist ja auch erst einige Monate offen.«

»Und, wie läuft's denn so?«

»Ganz gut. Bin jeden Morgen stolz, die Türen öffnen zu dürfen. Ist halt was ganz anderes, wenn man an seinem eigenen Traum arbeiten darf.«

»So soll es sein.«

»Valerie hat schon zwei Mordfälle aufgeklärt, seitdem sie zurückgekehrt ist«, sagte Molly.

»Hat sie das?« Peissard sah mich aufmerksam an.

»Ach, nichts weiter«, wehrte ich ab. »Sie waren auch am Fest zugegen, nicht wahr?«

»Ja, eine schreckliche Sache.« Er musterte mich aufmerksam. »Birbaum ... Birbaum ... der Name sagt mir was.«

»Ich ging hier zur Schule, bin dann aus Liebe in die Ostschweiz und wegen Liebes-Aus wieder zurück.«

Dass ich dabei auch vor meiner Mutter geflohen war, musste ich ja nicht sagen.

»Deine Mutter ist eine Zumstein, nicht wahr?«

Wenn man vom Teufel spricht.

»Ja, Barbara Zumstein.«

»Ich ging mit ihr zur Schule dazumal. In eine Parallelklasse, um genau zu sein.«

»Die Welt ist klein.«

»Jörg ist wieder da. Für einige Zeit.« Molly strahlte mich an.

Das schien Peissard erklärungsbedürftig. »Der Verwaltungsrat hat mich gebeten, den *Sonnenblick* weiterzuführen, bis diese ganze Sache geklärt ist.«

»Das muss für Sie nicht einfach sein«, bemerkte ich.

»Oh, bitte, ich bin der Jörg. Nun ja, die Situation war von Anfang an etwas angespannt.«

»Und doch bist du wieder da.«

»Weißt du, nach so langer Zeit hier war ich dem *Sonnenblick* das schuldig. Den Bewohnern und allen, die so lange mit mir zusammengearbeitet haben.«

Er tätschelte väterlich Mollys Schulter.

»Ich sprach nicht vom Verwaltungsrat.«

Er hob die Augenbrauen und für einen Augenblick verließ das Lächeln seine Augen. »Man kann nicht sagen, dass ich glücklich darüber war, nach so langer Zeit jemanden vor die Nase gestellt zu bekommen. Aber ich konnte mich mit dem Sinn hinter der Sache trösten.«

»Und der wäre?«

»Dass es an der Zeit war für mich, Abschied zu nehmen. Bevor ich aus Altersgründen gleich hätte bleiben können.« Er lachte auf, dann wurde er wieder ernst. »Ermittelst du auch in diesem Mordfall? Hast du schon eine heiße Spur, wer diese schreckliche Tragödie angerichtet hat?«

»Ach, nein, ich ...«

»Valerie ist Teil des Programms«, erklärte Molly schnell.

»Ach, ja?« Wieder dieses wache Interesse in seinen Augen. »Und wer ...?«

»Alfred. Ich kam eigentlich her, um ihn zu sehen.«

»Alfred. Ein wirklich guter Mensch. Hat auch viel erlebt.«

»Nun ja, wenn wir gerade von ihm sprechen ...« Ich sah Molly an.

»Oh, er sollte in seinem Zimmer sein, denke ich. Ich komme nachher auch gleich hoch, ja?«

Mist! Doppelmist. Ich wollte doch ursprünglich allein mit ihm sprechen. Attenschen is de moder of de tscheinawärbox.

»Natürlich. Hat mich gefreut, Jörg.«

»Ebenfalls. Und viel Glück bei den Ermittlungen!«

Als bräuchte man Glück! Einen scharfen Verstand, analytische Gabe und ... na ja ... etwas Glück.

Ich nahm die Treppe und fand mich kurz darauf nach Luft schnappend im dritten Stock wieder. Das mit dem Sport hatte ich mir ja auch schon mal überlegt. Mir fehlte einfach die Zeit dafür. Und diese Entschuldigung gefiel mir unter allen anderen am besten.

Der Flur lag einsam und verlassen vor mir. Wie an jenem Abend, als ich den Rollstuhl hochbrachte. Ein Schauer lief mir bei dem Gedanken über den Rücken. Es roch stark nach Bodenbelägen, Desinfektionsmittel und einem Hauch von Essen. Beim ersten Schritt ging das Licht an. Von Weitem sah ich bereits, dass die Tür zu Zimmer 306 einen Spalt breit offen stand. Klassische Musik hieß mich willkommen.

Ich klopfte. Keine Reaktion.

Ich klopfte erneut. Diesmal ein wenig stärker. Die Tür schwang auf. Irgendetwas stimmte hier nicht.

»Alfred?«

Ich machte vorsichtig einen Schritt ins Zimmer. Das Erste, was mir auffiel, waren die Bananenschachteln, die sich auf dem Tisch stapelten. Mir wurde plötzlich heiß und kalt gleichzeitig. Ich machte einen weiteren Schritt und dann sah ich ihn. Alfred saß in seinem Rollstuhl, die Hände im Schoss. Seine Augen waren geschlossen, sein Kopf ruhte auf seiner Brust.

»Alfred?«

Mein Herz begann schneller zu schlagen. Langsam näherte ich mich ihm.

»Alfred?« Immer noch keine Reaktion. Da stimmte definitiv etwas nicht. Ich streckte vorsichtig meine zitternde Hand aus.

KAPITEL 23

»Bämmm!«

Zu Tode erschrocken torkelte ich zwei Schritte zurück. Mein Herz schlug mir bis zum Hals, nachdem es für einen kurzen Augenblick ausgesetzt hatte.

Und Alfred lachte. Er lachte sogar Tränen.

Der Schock saß mir in den Gliedern.

»Das ist ... das ist ...«, brachte ich mühsam hervor.

»... sehr lustig«, beendete er den Satz. »Und es funktioniert immer. Na ja, nicht unbedingt mit den Pflegern. Aber eigentlich erwartete ich jemand anderen als dich.«

»Du hast mich zu Tode erschreckt.«

»So soll es auch sein, sonst macht es ja keinen Spaß.« Er rollte zu der kleinen Bibliothek und begann die Bücher auf seinem Schoss zu stapeln.

»Ziehst du um?«

»Ich muss, ja.«

»Ehrlich jetzt?«

»Der letzte Wille der Deneke.«

»Was hat sie denn damit zu tun?«

»Nun, sie hatte beschlossen, dass ich wegen ...« Er sah mich kurz an und ich konnte Scham spüren. Dann zuckte er mit den Schultern. »Ich habe gesundheitliche Probleme, vor allem in der Nacht. Daher wollen sie mich einen Stock tiefer haben, bei den Pflegefällen.«

Er rollte zu den Bananenschachteln und legte die Bücher hinein.

»Das tut mir leid.«

»Das muss es nicht. Älter werden ist nichts für Feiglinge.«

»Gibt es nicht eine Möglichkeit, mit ihnen zu sprechen?«

Er winkte ab. »Unter Peissard wäre so etwas nie vorgekommen. Selbst tot muss sie uns noch das Leben schwer machen.«

Ich nahm die nächsten Bücher zur Hand und reichte sie ihm. »Peissard war unten.«

»Ein guter Mann, wirklich.«

Er legte die Bücher zu den anderen.

»Molly scheint ihn auch zu mögen.«

»Da hat sie auch allen Grund dazu.«

»Was meinst du damit?«

»Nun, Molly hatte keine einfache Kindheit. Nach abgebrochener Lehre stand sie ein wenig hoffnungslos in ihrem Leben. Peissard erfand für sie einen kleinen Job. Zunächst als Überbrückung gedacht, gab er Molly schon bald mehr Verantwortung.«

»Jörg hat ihr die Stelle am Empfang vermittelt?«

Alfred nickte. »Er ist wie ein Vater für sie.«

»Das muss sie hart getroffen haben, als er seinen Rücktritt bekannt gab.«

Alfred nickte. »Sie war am Boden zerstört.«

Ich reichte ihm weitere Bücher.

»Hasste sie deshalb Deneke so?«

Alfred seufzte. »Deneke konnte hier niemand leiden. Von Anfang an. Zum Glück ist da noch Andrej.«

»Andrej? Der Koch?«

Alfred nickte. »Sie verstehen sich gut.«

Er zwinkerte mir spitzbübisch zu.

»Hallo, ihr beiden!« In der immer noch offenen Tür stand Molly. Mit roten Wangen. Als wäre sie gerannt. »Habt ihr schon ohne mich angefangen?«

Sie sah von Alfred zu mir. Für einen kurzen Augenblick schien sie nicht zu wissen, was sie tun sollte. Dann kam sie herein und packte mit an.

»Wovon spracht ihr eben?«, wollte sie wissen.

»Dass Altern nichts für Feiglinge ist.«

»Ach, komm jetzt. Du wirst dich unten gut einleben.«

»Ich will aber nicht nach unten.« Er klang wie ein trotziges Kind.

»Ich weiß«, zwitscherte Molly.

»Wusste nicht, dass du und Andrej ...?«

Sie hielt inne und musterte mich. »Das ist eine andere Geschichte«, sagte sie wie beiläufig. »Und er hat Deneke nicht getötet.«

»Habe ich auch nicht behauptet.«

»Die Polizei scheint das zu behaupten.«

»Scheint?«

»Wie weit bist du denn in den Ermittlungen?«, mischte sich Alfred wieder ein.

»Habt ihr gewusst, dass Deneke unter Medikamenten stand, als sie stürzte?«

Molly sah zu Alfred hinüber.

»Na ja ... ohne Gegenwehr wäre es sicherlich schwer gewesen, Deneke stürzen zu lassen. Wenn sie eines hatte, dann die Kraft, die mit ihrem Willen einherging«, sagte er.

»Wer hat ihr denn die Medikamente verabreicht?«, fragte Molly.

»Das frage ich mich auch. Es gibt ja nur wenige, die zu den Betäubungsmedikamenten hier Zugang haben.«

»Die müssen ja nicht unbedingt von hier gewesen sein, oder?« Als ich Mollys fokussierten Blick erwiderte, zauberte sie sich ein Lächeln ins Gesicht. Was wusste sie? Ich runzelte die Stirn.

»Wie wär's, wenn ich uns allen erst einmal etwas zu trinken holen würde?«

Alfred sah sie dankbar an. »Ein Kaffee wäre jetzt genau das Richtige.«

Sie sah mich an. »Och, nichts. Danke.«

»Einen Kaffee, ein Glas Wasser?«

»Dann ein Glas Wasser, danke.«

Sie nickte zufrieden und verließ das Zimmer wieder, während ich die letzten Bücher in die Schachtel legte. Alfred nahm das gerahmte Foto an sich und strich mit den Fingern über das schwarz-weiße Gesicht.

»Deine Frau?«

Er sah mich an.

»Nein, es war mein Sonnenschein.«

»Muss nicht einfach gewesen sein. Als Soldat warst du sicher nicht oft zu Hause.«

»Das Leben kann dir den Weg weisen, aber gehen musst du ihn selbst.«

Ich setzte mich neben ihn und betrachtete das hübsche Gesicht.

»Ich habe meines nie begriffen, weißt du. Da darf man eine jahrelange Ausbildung bei der Armee machen und braucht sie schließlich nicht einmal.«

»Ich verstehe nicht ganz.«

»Wie könntest du auch. Ich hatte einen Unfall. Wenige Monate bevor ich meinem Marschbefehl folgend eingesetzt worden wäre.«

Ich schwieg.

»Ironie des Schicksals vielleicht. Ich rollte auf einem Stuhl durch die Welt, bevor ich sie habe sehen können. Ich war jung. Viel zu jung. Lange Zeit gab ich mir die Schuld daran. Ich haderte mit mir selbst, mit dem Leben, wurde verbittert und böse.« Seine Stimme bebte, als müsste er mit den Tränen kämpfen. Ich gab ihm die Zeit, die er benötigte.

»Nimm dir Zeit für die Dinge, die dir das Gefühl geben, am Leben zu sein, Valerie. Und lass den Rest einfach stehen, wo das Leben ihn dir hinschmeißt. Zeit ist kostbar. Ich wünschte, ich hätte mir erlaubt, glücklicher zu sein.«

Ich legte eine Hand auf seinen Arm. Er lächelte matt.

»Es ist nie zu spät, um glücklich zu sein, Alfred.«

»Im zweiten Stock? Da parken sie diejenigen, die auf Hilfe angewiesen sind. Die letzte Station.«

Ich tätschelte ihn sanft. »Entspricht nicht dem, was du mir eben geraten hast.«

Alfred seufzte. Diesen Augenblick wählte Molly, um mit einem Tablett wieder zu uns zu stoßen. Sie hatte sich selbst auch ein Glas Wasser vorbereitet.

Ich nahm meins entgegen, wartete bis Alfred seinen Kaffee mit Milch und Zucker ergänzt hatte.

»Die kleinen Freuden des Lebens«, sagte er.

»Danke«, sagte ich und prostete Molly zu.

Eine Viertelstunde später hatten wir auch Alfreds restliche Sachen in den Kisten verstaut. Mir war etwas schwindlig, als ich mit Molly das Zimmer verließ. Als wäre mein Blutzuckerspiegel abgesackt. Wann hatte ich zuletzt etwas gegessen?

»Du siehst blass aus. Ist dir nicht gut?«

Liebevoll legte Molly mir eine Hand auf die Schulter. Der Flur schien unerwartet länger zu werden.

»Ach nichts. Ich habe wieder einmal nichts gegessen heute.«

»Sind halt auch gerade schwere Zeiten.«

Ich warf ihr einen kurzen Blick zu. Sie lächelte still vor sich hin.

»Was verstehst du unter ›schwere Zeiten‹?«

»Nun ja, der Mord, deine Buchhandlung ...«

Meine Buchhandlung? Wir hatten die Fahrstühle fast erreicht.

»Aber ich bin da für dich. Du kannst auf mich zählen.«

Sie ergriff meinen Arm und drehte mich, sodass wir uns gegenüberstanden. Irgendetwas in ihrer Art gefiel mir plötzlich überhaupt nicht mehr. Ich versuchte, mich zu befreien. Sie hielt mich eisern fest. Langsam floss alle Kraft aus mir hinaus. Es war, als verflüssigte ich mich. Was war los mit mir?

»Lass dir helfen, ja?«

Mit einem Schritt zur Seite versuchte ich, Abstand zu gewinnen. Tatsächlich verlor ich aber das Gleichgewicht. Ich kippte zur Seite, als hätte man mich minutenlang im Kreis gedreht.

»Valerie, Valerie, Valerie«, hörte ich Mollys tadelnde Stimme. Ich spürte, wie Arme mich auffingen, als ich definitiv zusammenbrach. Das Letzte, was ich sah, waren die bodenhohen

Fenster gegenüber den Aufzügen im dritten Stock.

KAPITEL 24

Nur langsam fand ein Gedanke den Weg durch die wattige Konsistenz in meinem Kopf: Ich muss schreien.

Ich öffnete unter großer Anstrengung den Mund und heraus kam ein Hamsterfurz. Nicht lauter und nicht effektiver. Als besäße ich keine Stimmbänder mehr. Ich musste husten. Und das brachte mich wieder zurück in einen Raum, den ich noch nie zuvor gesehen hatte. Er war fensterlos, die Decke so hoch, dass sie in Dunkelheit gehüllt blieb. Eine Lampe erhellte den Bereich, in dem ich mich befand. Als ich in das grelle Licht blickte, zuckte der Schmerz wie ein Blitz durch meinen Kopf. Hastig schloss ich die Augen wieder und versuchte, die Benommenheit kopfschüttelnd loszuwerden. Was mir kläglich misslang. Mein Mund fühlte sich trocken an, mein Kopf heiß.

Nur langsam drangen mehr Einzelheiten in mein Bewusstsein. Ich saß auf einem Stuhl. Die Empfindung von Metall auf nackter Haut. Meine Arme ließen sich nicht bewegen. Ich öffnete meine Augen, blickte an mir herab, sah den Rollstuhl, meine Füße auf den Stützen. Ich starrte auf sie. Ungläubig. Fassungslos. Keine Fesseln und doch war es mir unmöglich, mich zu bewegen.

»Wann hast du es herausgefunden?«

Langsam hob ich den Kopf. Molly stand keinen Meter von mir entfernt und ich hatte sie noch nicht einmal bemerkt.

Mit ausgetrocknetem Mund zu sprechen ist gar nicht so einfach.

»Wann, Valerie?« Unmut schwang in ihrer Stimme mit.

Ich überlegte, so schnell es mir die Situation eben ermöglichte. Einzelne Gedanken füllten die Leere in meinem Kopf. Sie waren weit voneinander entfernt und schienen nichts miteinander zu tun zu haben. Ich spürte die Angst in meinem verkrampften Magen, versuchte, ihr nicht allzu viel Raum zu geben. Wann hatte ich ...? Erinnerungsstücke wie Polaroids. Alfred. Bücherkartons.

»Als Alfred ... mir sagte ...« Ich hustete, sprach mit halb erstickter Stimme weiter »... du hättest etwas ... mit Andrej ...«

»Du lügst!«

Sie begann, auf und ab zu gehen, verschwand in der Dunkelheit und erschien wieder in meinem Gesichtsfeld. Der Gedanke, dass sie die Mörderin sein könnte, war mir nie gekommen. Mein Herz begann schneller zu schlagen. Und das beschleunigte meinen Gedankenfluss. Molly schien mich gar nicht mehr wahrzunehmen.

Molly und Andrej. Andrej, der seinen Job zu verlieren drohte. Andrej, der auswandern müsste. Andrej, der etwas mit Molly hatte. Alfreds spitzbübisches Lächeln. War ihr Motiv Liebe gewesen?

»Du lügst. Und es ist nicht so, wie du denkst.«

»Wie denke ich denn?«

»Fang nicht mit diesen Psychospielchen an, ja?« Molly erschien wieder vor mir und mir stockte der Atem. Ihre Augen waren groß. Und dunkel. Sie sah mich eingehend an, dann verschwand sie wieder aus dem Licht. Ich atmete so tief durch, wie es mir nur möglich war.

»Peissard ist ein guter Mann«, sagte ich in die Stille. Ich wollte sie bei mir haben. Ihre

Aufmerksamkeit auf mir wissen. Ihr nicht die Möglichkeit geben, über das nachzudenken, was sie als Nächstes tun könnte.

»Lass ihn aus dem Spiel.«

»Muss schwer gewesen sein, ihn so zu verlieren.«

»Halt's Maul!«

»War es das? Oder hat sie dir auch mit dem Rausschmiss gedroht?«

Wie aus dem Nichts erhielt ich eine Ohrfeige, die meinen Kopf zur Seite schleuderte. Meine Wange fühlte sich heiß an. Die Reaktion war den Schmerz in meinem Kopf wert. Ich hatte einen wunden Punkt erwischt.

»Tschuldigung. Ich bin so ... entschuldige bitte ... ich wollte nicht«, stammelte sie und aus ihren Augen sprach etwas wie Reue.

»Schon gut. Du bist unter Druck.«

»Das verstehst du?«

Ich nickte.

»Sind halt auch gerade schwere Zeiten.«

Ich sah, wie sie zusammenzuckte.

»Und dann ist da noch Alfred. Dein Großvater, der seine Wohnung aufgeben soll.«

»Er ist zu jung, um in den zweiten Stock zu ziehen.« Mich traf ein zorniger Blick.

»Dachtest du wirklich, dass du das so verhindern könntest?«

»Er ist zu jung!« Jetzt klang Trotz in ihrer Stimme mit. »Niemand hat das Recht, so über jemanden zu entscheiden.« Mollys Augen funkelten.

»Aber du schon?« Ich hielt die Luft an, in Erwartung einer weiteren Ohrfeige, die nicht kam. Sie sah mich nur aufgebracht an.

»Deneke ist gestürzt.«

»Nachdem du sie zum Fenster geschoben hast.«

»Sie brauchte frische Luft. War ganz blass.«

»Hast du ihr dieselben Medikamente verabreicht wie mir?«

»Ich habe ... was weißt du?«

Ich schwieg. Sie trat auf mich zu und schüttelte mich.

»Was weißt du?«

Ich antwortete nicht. Sie ließ mich los, strich sich die Haare aus dem Gesicht. In dem fahlen Licht wirkte sie blass. Ihre Hände zitterten. Einen Augenblick blieb sie stehen, die Arme in die Hüften gestützt. Dann begann sie wieder auf und ab zu gehen.

»Und jetzt?«, fragte ich leise.

Sie erschien im Lichtkreis.

»Jetzt?« Sie lachte auf.

»Komm schon, Molly. Sie werden uns finden. Sie werden dich finden. Das weißt du doch.«

»Nichts werden sie.«

»Wenn ich das herausgefunden habe, was meinst du, wie lange es dauern wird, bis auch die Polizei dahinterkommt?«

»Sei still, ich muss überlegen.«

Ich versuchte, meine aufkeimende Panik zu beherrschen, indem ich bewusst ein- und ausatmete. Und in diesem Moment der Achtsamkeit spürte ich, wie mein Körper mir Antwort gab. Ich konnte den Eindruck nicht wirklich einordnen, aber es gab mir die Hoffnung, dass ich mich vielleicht bald wieder würde bewegen können.

KAPITEL 25

Nach einer gefühlten Ewigkeit konnte ich meine Finger tatsächlich wieder spüren. Eingeschränkt zwar, aber es gab mir neuen Mut. Molly durfte auf keinen Fall etwas bemerken, wenn ich lebendig hier raus wollte.

»Wie ist es denn geschehen?«

Sie blieb stehen, musterte mich, als sähe sie mich zum ersten Mal.

»Du hättest fast alles zunichtegemacht.«

»Ich?«

»Als du mit dem Rollstuhl hochkamst.«

»Aber Alfred hatte ...«

»Alfred!« Sie machte eine fahrige Geste, die alles bedeuten konnte.

»Wie hast du ...?«

»Es war so einfach. Kristanna konnte Ungerechtigkeiten nicht ausstehen. Als sie erfuhr, dass im dritten Stock Dinge gestohlen wurden ...«

»Das hast du ihr gesagt?«

Molly nahm meine Frage als Kompliment auf.

»Gut, nicht? Sie kam sofort hoch, sagte mir, ich könne gehen. Sie wollte das Stockwerk allein kontrollieren.«

»Sie hat dir geglaubt?«

Meine Bemerkung kränkte sie.

»Wieso nicht?«, fuhr sie mich an.

»Aber ich war ja nicht die Einzige auf dem Stockwerk.«

»Ich hatte Fritz und Harry mit der Begründung nach unten geschickt, dass Alfred auf sie wartete. Ab dem Moment wäre das Stockwerk leer gewesen.«

»Und dann kam ich ...«

»Und dann kamst du.«

»Schlechtes Timing.«

»Aber wie bist du an die Spritze gekommen?«

»Es war nicht meine Entscheidung.«

»Die Spritze?« Ich war verwirrt.

Molly biss sich auf die Lippen und begann wieder auf und ab zu gehen.

»Jetzt ist es eh nicht mehr in unseren Händen«, sagte sie. »Vielleicht war es das auch nie.«

»Molly, was meinst du damit?« Ich spürte, wie sich meine Panik einen Weg entlang der

Wirbelsäule nach oben suchte. Was hatte ich übersehen? Und Molly schwieg, was mein Unbehagen nur noch steigerte.

»Molly ... es ist immer noch Zeit genug da. Wir können dem ein Ende bereiten, ohne dass ...«

Eine Tür schwang auf. Wir beide zuckten zusammen.

»Ich bin so schnell gekommen, wie ich konnte. Ein Glück, dass ich heute Nachtdienst habe. Außer uns ist also niemand mehr im Haus.«

Noch während Aida in den Lichtschein trat, begann sie, weiße Handschuhe anzuziehen. Der Unmut war ihr ins Gesicht geschrieben. »Was ist los?«

Sie sah mich an; in ihren Augen lag die Entschlossenheit einer Person, die Entscheidungen zu fällen gewohnt war.

»Molly, warum tust du das?« Ich ignorierte sie, zumal ich mich der Panik nicht ergeben wollte.

»Wo ist ihr Handy?«, wandte sich Aida an Molly.

»Hier, ich habe es ausgeschaltet.« Sie reichte es ihr. Aida ließ es in einer ihrer Taschen verschwinden.

»Weiß sonst noch jemand, wo sie sich befindet?«

Molly schüttelte den Kopf.

»Gutes Kind.«

Aida wandte sich wieder mir zu. »Sie weiß also Bescheid.« Sie schüttelte traurig den Kopf. »Schade. Gut, ich übernehme jetzt. Du kannst gehen.«

Molly nickte. Sie sah mich an und für einen kurzen Augenblick trafen uns unsere Blicke. Unsicherheit und Scham. Ich machte ihr große Augen. Sie durfte mich hier nicht mit Aida allein lassen. Auf keinen Fall.

»Molly, warte ...« Aber mir fiel nichts ein. »Wieso?«

»Wieso? Weil die Schlampe mich weghaben wollte«, beantwortete Aida meine Frage. »Du kannst jetzt gehen, Molly, danke.«

»Nein, Molly, warte. Nur kurz. Bitte.«

Molly sah von mir zu Aida. Sie konnte sich nicht entscheiden. Und das war vielleicht meine einzige Chance.

»Wir können das alles noch beenden, ohne ...«

»Ach, papperlapapp!«, fiel Aida mir ins Wort.

»Aida, bitte ...«

»Sie hat recht, Aida.« Mollys Stimme klang so leise, dass man sie einfach hätte überhören können. Sie hielt den Kopf gesenkt.

»Was soll das jetzt?«, fuhr Aida sie an.

Als Molly den Kopf hob, rannen Tränen über ihre Wangen. »Valerie hat nichts getan.«

»Sie weiß zu viel.«

»Die Polizei wird das auch herausfinden«, gab sie zu bedenken.

»Genug! Ich will nichts mehr hören. Menschen sterben eben. Mal früher, mal später.«

»Aber ...«

»Sei still, Molly!«

»Molly hat recht. Sie werden herausfinden, was geschehen ist. Wie ich es tat. Und das, ob ich nun tot bin oder nicht. Ob heute oder erst morgen spielt keine Rolle. Sie werden dahinterkommen.«

»Molly, geh jetzt!«

Ich machte ihr noch einmal große Augen.

»Nein.«

Aida drehte sich zu ihr um. »Was?«

»Nein.«

»Du gehst jetzt. Und zwar sofort.«

Molly antwortete nicht. Aida machte einen drohenden Schritt auf sie zu.

»Ich gehe nicht. Valerie hat nichts getan.«

Aida ging langsam auf sie zu.

»Dann muss ich mich halt zuerst um dich kümmern.«

»Aida, bitte ...« Molly wich zurück.

Ich ließ meinen Blick durch den Raum schweifen. Aber da war nichts, was ich hätte ergreifen können, um Aida zu stoppen. Konnte ich überhaupt auf meinen Körper zählen? Ich hob ansatzweise meine Arme. Und sie bewegten sich. Ich versuchte es mit meinen Beinen. Aber die wollten nicht. Gefangen in meinem eigenen Körper. Das beklemmende Gefühl elektrisierte mich.

»Aida, diese ganze Sache geht zu weit.« Molly ließ die Krankenpflegerin nicht aus den vor Angst geweiteten Augen. »Ich kann das nicht mehr.«

Ich sah an den Seiten des Rollstuhls hinab. Die Bremsen waren nicht angezogen.

Molly hatte die Bremsen nicht angezogen.

»Du weißt doch, dass ich dich nicht gehen lassen kann, oder?« Aida war stehen geblieben. »Für das ist es zu spät.« Sie holte aus einer der Taschen einen kleinen Plastikbehälter und öffnete ihn. Eine Spritze und eine kleine Ampulle kamen zum Vorschein.

»Nein ... Aida ... bitte.« Molly hob abwehrend die Hände.

»Du hast dein Insulin heute noch nicht gehabt. Wie dumm. Jetzt muss ich es dir verabreichen.«

»Was redest du da, ich habe kein Diabetes.«

»Ach, nicht?« Aida warf die Schachtel achtlos weg. Das scheppernde Geräusch rüttelte mich wach. Molly war in der Dunkelheit verschwunden. Aida drehte mir den Rücken zu und war dabei, die Spritze aufzuziehen.

Keine drei Meter trennten uns.

Ich hielt den Atem an, hob vorsichtig meine Arme. Meine Hände griffen nach den Rädern. Mit aller mir zur Verfügung stehender Kraft stieß ich den Rollstuhl an. Es schmerzte in meinen Schultern, meinen Armen, meinen Händen. Ich biss die Zähne zusammen und ich rollte. Ein weiteres Mal gab ich kräftig Schwung. Und noch einmal. Die Stützen trafen Aida oberhalb der Knöchel. Sie schrie auf und ließ die Spritze fallen, während sie vergeblich versuchte, ihr Gleichgewicht wiederzufinden. Sie fiel auf mich. Molly brachte sich mit einem Satz in Sicherheit. Ich gab noch einmal Schwung. Aidas Gewicht drückte auf meinen Brustkorb. Ich schloss die Augen. Als der Rollstuhl gegen die Wand fuhr, stieß ich die Pflegerin von mir. Dann fuhr ich plötzlich rückwärts. Erschrocken öffnete ich die Augen. Aida ging vor mir zu Boden. Ein dunkler Fleck an der Wand, wo sie mit dem Kopf aufgeschlagen war.

KAPITEL 26

»Du hast Glück gehabt, Valerie. Aida wird sich schnell von der Platzwunde am Kopf erholen.«

»Ach, was du nicht sagst.«

Wir befanden uns in einem Krankenzimmer des Spitals in Tafers und warteten auf den Befund meiner Untersuchungen. Nachdem Aida bewusstlos zu Boden gegangen war, brach Molly zusammen. Es brauchte wenig, um sie davon zu überzeugen, Hilfe herbeizuholen.

»Mit so was ist nicht zu spaßen. Du kannst von Glück reden, dass sie dich nicht verklagt.«

»Sie hat versucht, jemanden umzubringen. Läuft das nicht unter Notwehr?«

Daniela schwieg. Ich wollte sie nicht angreifen. Sie machte sich Sorgen um mich. Und das wollte ich ja genauso wenig.

»Molly sagte aus, sie habe Deneke die Spritze verpasst, die Aida für sie vorbereitet hatte, ohne zu wissen, was sie enthielt. Als der Direktorin schwindlig wurde, fing sie sie im Rollstuhl auf und rollte sie vor das offene Fenster an die frische Luft. Molly wollte anschließend Hilfe holen. In ihrer Abwesenheit muss Deneke wieder aufgestanden und aus dem Fenster gestürzt sein.«

»Und du glaubst ihr?«

»Ich möchte ihr glauben. Sie war ja unten, als Deneke stürzte.«

»Als Molly an unseren Tisch trat, schien sie nicht nach Hilfe zu suchen«, erinnerte ich mich.

»Da ist noch mehr, Valerie. Die Aussagen der beiden widersprechen sich. Molly sagte aus, Aida hätte sie einfach darum gebeten, die Spritze zu geben, während Aida behauptet, Molly habe ganz genau gewusst, was sie da tat. Das werden nun wohl die Anwälte ausdiskutieren müssen.«

Ich schwieg betroffen. »Aber warum das Ganze?«

»Cordillot hatte Aida darüber informiert, dass Deneke sie feuern wollte. Und die entschied zu handeln«, sagte Daniela.

»Aber wieso sollte Molly da mitmachen?«

»Sie hatte keine Wahl. Und das hat mit der finanziellen Situation des *Sonnenblick* zu tun.

Wir haben herausgefunden, dass über längere Zeit fiktive Pflegeleistungen fakturiert wurden.«

»Ich verstehe nicht ganz, was das mit Molly zu tun hat?«

»Aida war die auf den Rechnungen angegebene Pflegefachkraft. Molly gab die fiktiven Rechnungen den gut betuchten und gesundheitlich angeschlagenen Bewohnern mit der Begründung, ihre Krankenkassen würde die Kosten nicht übernehmen. Die zahlten den Betrag dann brav ein. Dass da ein anderes Konto draufstand, als das des Pflegeheims, fiel niemandem auf.«

»Zwei vom selben Schlag. Hätte ich nie von Molly gedacht.«

»Den Gewinn haben sie sich dann geteilt.«

»Trotzdem. Von der Betrügerin zur Mörderin ist doch ein großer Schritt, oder?«

»In diesem Fall brauchte Aida Molly nicht einmal sonderlich zu überreden. Deneke tat das für sie. Zuerst die Drohung an Andrej Rostow, dann das Versetzen ihres Großvaters und nicht zuletzt das Verdrängen von Peissard. Molly hatte alle Gründe, sich Deneke wegzu-wünschen.«

»Das arme Mädchen.«

Daniela trat ans Fenster und blickte hinaus. »Arm oder nicht, sie muss für das, was sie getan hat, geradestehen.«

»Sie hat mir das Leben gerettet.«

»Das wird ihr Anwalt sicher mit einfließen lassen.«

»Sie hatte keine einfache Kindheit.«

»Das hatten viele nicht, Valerie.«

Ich schwieg betroffen. Mir tat Molly leid.

Aber Mitleid half bekanntlich niemandem. Es klopfte an der Tür. Eine Schwester steckte vorsichtig den Kopf herein.

»Da ist ...«, begann sie. Im selben Moment wurde die Tür aufgestoßen und hereinplatzten zuerst Harry und Fritz, der einen großen Strauß Rosen bei sich trug. Er hielt inne, entnahm dem Bukett eine Blume und reichte sie der verdatterten Krankenschwester.

»Für Ihre schönen Augen.« Er zwinkerte ihr zu und machte Platz für Donnie, der Alfred vor sich hinschob. Bunte Luftballons waren am Rollstuhl befestigt. Alfred hütete einen runden Kuchen auf seinem Schoss.

»Faktisch wollte ich ihn tragen«, gab Harry zu. »Aber wir haben aufgehört, uns im Altersheim zu prügeln.« Er schnappte sich den Kuchen und stellte ihn auf den kleinen Tisch neben dem Fenster.

»Sonst fliegen nämlich die Dritten«, feixte Fritz und warf den Strauß auf das Bett. »Habe gehört, jemand liebt Rosen.«

»Danke. Die sind aber auch schön.« Ich sah belustigt zu Donnie hinüber, der sich hinter dem Kopf kratzte.

»Hast Glück, Mädchen, die hässlichen waren schon verkauft.«

Die Krankenschwester stand immer noch etwas verloren an der Tür, die Rose in der Hand.

»Danke Schwester, wir übernehmen«, gab Alfred ihr zu verstehen. Sie sah mich verunsichert an. Ich nickte ihr zu und da verließ sie nach kurzem Zögern schließlich den Raum. Die Tür fiel hinter ihr ins Schloss.

»Ich meine, was kann nun schon schief-gehen?«, sagte er.

»Ich habe Durst. Wir brauchen Tee.« Alfred rollte zum Telefon auf dem Nachttisch. »Wer kennt die Nummer vom Empfang?«

»Du bist hier in einem Spital, nicht in einem Hotel, mein Lieber.«

»Sei keine Mimose. Die werden wohl Tee haben, oder?«, sagte er und nahm den Hörer zur Hand, während er mit der anderen versuchte, die Luftballons aus seinem Gesichtsfeld zu wedeln.

»Und wir haben Rosen«, sagte Fritz. »Ist das nicht schön? Ist Glück nicht, das zu mögen, was man muss und das zu dürfen, was man mag?«

Valerie Birbaum ermittelt
auch in ...

Krimi, Mimi und Abgang

Jean-Pascal Ansermoz wurde im September des Jahres 1974 in Dakar (Senegal) geboren. Erst Anfang der Achtziger kam er in die Schweiz zurück, schloss seine Schulzeit mit dem Abitur in Basel ab, bevor er in Lausanne sein Studium in Angriff nahm.

Er ist einer, der mit Leichtigkeit über den Röschtigraben springt, schrieb er doch bis 2009 nur in französischer Sprache. Weltenbürger, Romand und Deutschschweizer in einem: ein Autor mit Hang zum Kriminellen aber auch zu Poetischem, Literarischem, Alltäglichem und Besonderem.

Er lebt als freischaffender Autor in Düdingen (CH).

www.jeanpascalansermoz.ch